suhrkamp taschenbuch 5247

In der neuen Folge seiner *Ortsumgehung* nimmt uns Andreas Maier mit auf Reisen. Er zeichnet das Bild der vergangenen Jahrzehnte anhand der Städte und Landschaften, die die Urlaubsrouten einer mobilitätsbesessenen Gesellschaft flankierten. Mal ist er als siebenjähriges Kind mit den Eltern im Auto unterwegs zur verhassten Ferienwohnung in Brixen, mal trampt er als Sechzehnjähriger nach Südfrankreich und hört sich Nacktbusendiskurse am Strand an. Im Piemont klappt ein Selbstmord ganz und gar nicht, und schließlich, als der Billigfliegertourismus massenhaft über uns hereinbricht, fährt er lieber nach Weimar und sieht dort zu seiner Überraschung die neuen Rechten über den Frauenplan marschieren.

»Unnachgiebig bereist Maier in den Romanen sein vergangenes Leben, und man liest diese Berichte aus gleich mehreren Gründen mehr als nur gern.«

Süddeutsche Zeitung

Andreas Maier, 1967 im hessischen Bad Nauheim geboren, studierte Germanistik und Philosophie, anschließend Altphilologie. Er lebt derzeit bei Frankfurt am Main.

Bisher erschienen: *Das Zimmer*. Roman (st 4303), *Das Haus*. Roman (st 4416), *Die Straße*. Roman (st 4567), *Der Ort*. Roman (st 4689), *Der Kreis*. Roman (st 4829), *Die Universität*. Roman (st 5063), *Die Familie*. Roman (st 5144)

Andreas Maier
Die Städte

Roman

Suhrkamp

Erste Auflage 2022
suhrkamp taschenbuch 5247

Umschlagfoto: Rolf Haid / dpa-Report
Umschlaggestaltung: Hermann Michels und Regina Göllner
Druck: CPI books GmbH, Leck
Dieses Buch wurde klimaneutral produziert:
climatepartner.com/14438-2110-1001.
Printed in Germany
ISBN 978-3-518-47247-7

www.suhrkamp.de

Die Städte

Die Städte kamen sich näher. Mein Heimatort Friedberg in der Wetterau wurde Mitte der siebziger Jahre des vorigen Jahrhunderts durch die S-Bahn an Frankfurt angeschlossen. In den Achtzigern standen die Autofahrer schon längst alle im Stau auf der A5, wenn sie morgens nach Frankfurt wollten. Manchmal begleitete ich meinen Vater in die Metropole. Die Wagen blieben bereits Hunderte Meter vor der Auffahrt auf die A5 stecken. Unser Autobahnzubringer befand sich bei Rosbach vor der Höhe.

Manche Städte wuchsen regelrecht zusammen: Zwischen Friedberg und meinem Geburtsort Bad Nauheim lag bald nur noch ein unbebautes Stück von der Größe zweier Fußballfelder. In meiner Kindheit sah man auf der Straße zwischen den beiden Städten manchmal gar kein Auto und bei stärkerem Verkehr vielleicht drei oder vier. Zu meiner Studienzeit war die Straße bereits komplett ausgelastet. Inzwischen wird die seit Jahrzehnten geplante Ortsumgehungsstraße um beide Städte gebaut, die diesen Sommer (2009) eröffnet werden soll. Anschließend wird sie bis Frankfurt weitergeführt.

Als ich in meinem siebten Semester zum ersten Mal ins Altphilologische Institut in der Frankfurter Gräfstraße kam, hatte ich gerade eine Beziehung zu einer Frau aus dem Hunsrück hinter mir. Ich selbst war zweimal in ihre Heimatregion gefahren, in einem VW. Ich reiste zum Beispiel auch nach Innsbruck, weil ich eine Hausarbeit über einen österreichischen Autor schrieb und mir ein paar Sachen vor Ort vergegenwärtigen wollte. Nach dem Abitur war ich mit meiner damaligen Freundin Bettina nach Rom gefahren, im Zug. Dort hatten wir in der Nähe des Petersdoms bei Nonnen übernachtet. Manchmal war ich auch in Städte wie Wien oder Biarritz getrampt. Als Oberstufenschüler war ich in ein jüngeres Mädchen in Wasserburg am Inn verliebt, sie war zwölf. Dort trampte ich ebenfalls oft hin. Weitere Reisen: Als Kind nach Rom (Auto), nach Venedig (Auto) und an den Gardasee (Auto). Mit der Schulklasse nach Belgien an den Strand und einen Tag nach London, einen anderen Tag nach Luxemburg, jeweils mit Bus. Die beiden Flugreisen in meinem Leben: mit sieben Jahren nach Berlin und zurück, Flughafen Tempelhof. Mit dreizehn Jahren nach Athen und nach einer zehntägigen Busrundreise gemeinsam mit meinen Eltern von Athen wieder zurück.

Als ich ein Kind war, fuhren wir überdies in fast allen Ferien nach Tirol und später nach Südtirol in eine Ferienwohnung. Davon emanzipierte ich mich mit elf Jahren, seitdem konnte ich zu Hause bleiben. Ich schaffte es, indem ich alle terrorisierte.

Ein paarmal nahm ich einen Zug nach Turin, dort besuchte ich eine ehemalige Austauschschülerin, mit der ich im zwölften Schuljahr eine kurze Beziehung gehabt hatte. Einmal fuhr ich während der Semesterferien für zehn Wochen in ein Bergdorf im Piemont namens Oulx. Die kleine Wohnung dort hatte mir die ehemalige Austauschschülerin vermittelt. Ich wollte mich in Oulx umbringen. Ich brachte mich aber in Oulx nicht um, sondern fuhr von dort nach Turin, von da mit einigen Freunden meiner italienischen Austauschschülerin in einen kleinen Ort, den sie Barone nannten (vollständig hieß er Barone Canavese), dort hausten wir in einem heruntergekommenen Barock-Schloß, das einer ihrer Freunde geerbt hatte, einer Art Turm (ausgediente Billard- und Whisttische, riesige Kamine). Oder ich fuhr von Oulx nach Chambéry, eine Brieffreundin besuchen, die vormals Au-pair-Mädchen in Friedberg gewesen war. Oder nach Grenoble, dort wohnte ein algerischer Gastwirt, den ich seit meiner Kindheit kannte. Nachdem ich mich in Oulx nicht umgebracht hatte, konnte ich immerhin ein bißchen Italienisch.

Als Student reiste ich auch an den Lido. Dort besuchte ich eine mit uns befreundete Familie. Meine Mutter war im Alter von vierzehn Jahren mit ihrer Großmutter nach Venedig gefahren, dort hatte sich ein Venezianer in sie verliebt. Das war die Grundlage für unsere Beziehung zu Venedig. Der Bruder des Venezianers setzte einmal Papst Johannes XXIII. über die Lagune, der Erzählung nach nicht in einer Gondel, sondern in einem gewöhnlichen Ruderboot.

Hin und wieder fuhr ich mit dem Auto (ich rede jetzt wieder über meine Zeit als Student) nach Limburg, um dort einen weiteren Familienfreund zu besuchen, bei dem ich meistens übernachtete, einen Domkapitular namens Christian Meurer, damals Mitte Sechzig. Dieser wiederum hatte in Rom studiert, daher war die Hochzeitsreise meiner Eltern dorthin gegangen. Meine letzte Reise als eingeschriebener Student ging nach Weimar (ICE).

Weitere Reisen: München mit Bettina, Kassel mit Bettina (documenta 8), Fulda mit Bettina (Ausstellung ihres Vaters), Freiburg (Besuch einer ehemaligen Schulfreundin). Als Kind: Celle, weil mein Vater dort an irgendeinem Gericht zu tun hatte. Mit dem Auto in die DDR nach Freiberg und Dresden. Im elften Schuljahr bin ich für zehn Tage nach Berlin getrampt (und lernte dort das Wasserburger Mädchen kennen). Auf der Transitstrecke hatte mich eine Frau der Alternativen Liste in einem R5 mitgenommen. Während der Fahrt verliebte ich mich natürlich auch in sie.

Weitere Bewegungen: Ab dem siebten, achten Schuljahr trampte ich wie viele andere in einem Umkreis von ca. zwanzig Kilometern um Friedberg herum von Ort zu Ort, um Freunde zu besuchen. Als ich mit siebzehn mit einer viel älteren Frau in Echzell zusammen war, trampte ich jeden Tag von ihr zur Schule nach Friedberg. Als Student in den ersten zwei Semestern: fast jeden Tag die Strecke Friedberg–Frankfurt und zurück, entweder mit der S-Bahn oder mit einem Regionalzug. Keine Ahnung, an wie vielen Menschen ich vorbeigekommen bin, ohne etwas von ihnen zu wissen.

Würde ich jetzt, im Jahr der Fertigstellung der

Ortsumgehung, eine Karte meiner Lebensbewegungen von den ersten Jahren bis zum Ende meiner Studienzeit anfertigen, hätte sie folgende Eckpunkte: Hamburg, London, Biarritz, Barcelona, Neapel, Athen, Wien, Bautzen, Berlin.

NÜRNBERG, BRENNER, BRIXEN

Autofahren war zu Beginn vollkommen natürlich. Seit ich denken konnte, hatten wir zwei Autos, den Dienstwagen meines Vaters und das Auto meiner Mutter. Sie übernahm alle paar Jahre den abgelegten Wagen meines Vaters. In meiner Kindheit stammten beide Automobile in unserer Garage immer von Mercedes Benz. Zugfahrten habe ich mit meinen Eltern keine erlebt.

An die Kindheits-Autofahrt nach Rom kann ich mich nicht erinnern, oder sie ist überlagert von den zahllosen Fahrten, die wir nach Innsbruck und nach Südtirol machten. Sie verliefen immer gleich. Am Vorabend wurde gepackt, die Koffer wurden neben die Eingangstür postiert und der Wecker auf eine so frühe Uhrzeit gestellt, daß wir noch vor dem Berufsverkehr das Autobahnkreuz Nürnberg passiert hatten. Dann war das Unternehmen strategisch schon so gut wie gewonnen.

Ich saß also, quasi noch betäubt, morgens um halb vier in unserer kahlen Küche am Frühstückstisch und nahm ein Glas Milch oder Tee zu mir, mein Vater fuhr das Auto aus der Garage und bepackte nach einem bestimmten System den Kofferraum. Dinge mußten auch im Innenraum untergebracht werden, zum Beispiel auf der Rückfensterablage. Provianttüten kamen nach vorn in den Fußraum des Beifahrersitzes, auf dem meine Mutter saß. Auf der Rückbank nahmen wir drei Kinder Platz und würden dort die nächsten Stunden auf engstem Raum miteinander verbringen. Bei Dunkelheit wurde das Haus abgeschlossen, im Regelfall fuhren wir für mehrere Wochen. Aus der Ausfahrt heraus, meine Mutter schiebt das Hoftor zu, und dann beim Losfahren auf den ersten Kilometern die Überlegung: Haben wir nichts vergessen, ist alles dabei? Ausweise? Schecks?

Die erste Zeit fühlte sich an wie dunkles, schweres Blei. Neben mir Schwester oder Bruder, drei Kinder auf eineinhalb Metern. Da ich später lesen wollte, durfte ich an einem der Fensterplätze sitzen. Noch aber ist schwarze Nacht. Die Müdigkeit lähmt dir alle Glieder, du kannst kaum denken. Draußen ziehen Dunkelheit und Lichter vorbei, noch fast keine Autos, es ist gegen vier Uhr morgens. Schlafen geht nicht. Von vorn macht die Mutter Versorgungsversuche, sie hat die Beutel zu ihren Füßen, Kaffee, Tee, geschmierte Brote, alles in Butterbrotpapier verpackt, in späteren Jahren in Zellophan oder in Alufolie, am Ende der Fahrt wird sich einer der Beutel in einen Müllbeutel für die benutzten Verpackungsmaterialien verwandelt haben. Dieser wandert am Ankunftsort in den Mülleimer (von dort geht seine Reise dann weiter).

Noch aber ist es schwarz, und das einzige, was ich tun kann, ist, mich nicht zu rühren (so hält man die Müdigkeit besser aus) und darauf zu starren, wie die Lichter vor meinem Fenster vorbeisausen. Landstraße, noch eine Tankstelle an der Landstraße, dann bei Florstadt auf die Autobahn, beschleunigen, der Vater tritt für mich nur als Schulterpartie in Erscheinung, sein Kopf ist von der Kopfstütze verborgen. Schon arbeitet die Mutter mit den Beinen, weil ihr das Sitzen schnell unangenehm wird und ihre Beine sowieso Durchblutungsprobleme haben.

Wortlosigkeit hat sich eingestellt. Keiner spricht. Das Nichtsprechen wird der Mutter irgendwann zur Last, dann sagt sie etwas. Nur um zu sprechen und sich zu versichern, daß der andere, der am Steuer, noch da ist und ebenfalls mit ihr spricht. Meistens sind es immer noch Vergegenwärtigungsversuche des eben verlassenen Hauses.

Hast du Frau Eiler den Briefkastenschlüssel gegeben? Haben wir den Küchenrolladen herabgelassen? Hast du den Termin mit dem Herrn Buresch verschoben?

Oder mein Vater: Hast du den Schriftsatz Möller noch gemacht?

Sie hat den Schriftsatz Möller noch nicht gemacht, aber das läßt sich auch von Italien aus erledigen. Denn vorausgesetzt, es handelt sich um eine Fahrt in die Ferienwohnung nach Südtirol, steht dort ja eine Schreibmaschine.

Dann wieder Schweigen, Fahren, Vor-sich-hin-Dämmern, der Schwester ist langweilig, sie kann sich nicht einkapseln in ihre Müdigkeit, vielleicht ist sie auch gar nicht müde. Wahrscheinlich freut sie sich sogar auf den bevorstehenden Bühnenwechsel. An dem Ort, zu dem wir fahren, sind zwar ihre Freundinnen nicht vorhanden, aber es gibt andere Kinder, mit denen sie anbandeln kann. Oder Jugendliche. Zum Beispiel auf dem Tennisplatz unten vor unserem Wohnblock. Sie fragt, wann kommt eine Tankstelle, wann können wir mal aussteigen usw.

Bevor aber getankt wird, muß Nürnberg geschafft sein. Getankt wird immer erst hinter Nürnberg, meist sogar erst in der Gegend um München.

Dennoch muß vorher mindestens die Schwester einmal hinaus, meist auch die Mutter, wegen des Morgenkaffees.

Aber es ist immer noch dunkel. Nur die Autos werden langsam mehr um uns herum. Endlos zieht sich die Zeit. Wenige Gliederungspunkte unterwegs. Kreuz soundso, Kreuz soundso. Bald sind wir am nächsten Kreuz, und der Vater kündigt es an: Bald sind wir am Kreuz soundso. Vielleicht ist es der einzige Satz, der in einer Zeitspanne von zwanzig, dreißig Minuten fällt. Wie aus dem Nichts wird er in die Dunkelheit gesagt. Der Satz kommt von der im Schummerlicht der Instrumente erahnbaren Schulterpartie, die da vorn das Auto steuert, den schwer bepackten Mercedes Benz. Jeder kleinste Winkel ist ausgenutzt, ein Auto quasi zum Bersten voll, und dazu noch fünf Menschen darin. So könnte man auch von zu Hause flüchten, wenn Krieg ausgebrochen wäre. Als würde es ums Überleben gehen. Nehmt, was ihr tragen könnt, alles andere ist verloren! Um uns herum immer mehr von diesen Flüchtlingen mit ihren Habseligkeiten, die sie in allen Winkeln ihres jeweiligen Automobils verstaut haben. Aus den verschiedensten deutschen Städten (man sieht es an den Nummernschildern) flüchten sie in den Süden und müssen noch vor Sonnenaufgang Nürnberg erreichen. Als Schwarm rasen sie dahin, hundertsechzig, hundertachtzig Stundenkilometer, leben dann wochenlang von ihrem Flüchtlingsgut und kommen anschließend zurück in ihre Häuser und packen ihr Flüchtlingsgut wieder aus, dann wäscht die Mutter erst einmal fünf Ladungen Wäsche, um sich von der Flucht zu erholen und alles wieder in Ordnung zu haben, bis die nächste Flucht ansteht in den nächsten Schulferien.

Ich weiß, daß ich diese Dunkelheit aussitzen muß. Ich weiß auch, daß sie vorbeigehen wird. Aber erst bei Nürnberg. Denn bei Nürnberg geht die Sonne auf. Kommt der erste Streif am Horizont zu weit vor Nürnberg, denkt der Vater, er muß noch schneller fahren. Dann aber sagt die Mutter: Rase nicht so!

Nun der erste Lichtstreif. Ich kann zusehen, wie er breiter wird, schöner, über den Wäldern. Aus dem dunklen Nichts, durch das bislang bloß Leuchten sausten, schälen sich nun schwarze Massen heraus, die über die Straße jagen, die Autos werden auch außerhalb der Scheinwerferkegel sichtbar, wenn auch zunächst nur wie Schatten ihrer selbst. Als schwarze Schattenklumpen sehen sie bedrohlich und unförmig aus. Ich sitze selbst in einem solchen Schattenklumpen, unsichtbar, hinter Glas im Nichts, und werde von meinem Vater, der Schulterpartie, an den anderen Klumpen auf der Gegenfahrbahn vorbeigerast. Ein Huschen in ihren Augenwinkeln, kaum eine Zehntelsekunde. Unsere Familie. Ein identisches Huschen mit allen anderen Schwarzklumpenhuschenden. Die einen auf Nürnberg zu, die anderen von Nürnberg weg.

Meine Schwester ist unruhig, bald wird sie quengelig werden, mein Bruder programmiert etwas auf seinem Hewlett-Packard-Taschenrechner. Offenbar geht das in der Dunkelheit infolge der Leuchtanzeige. Ich verstehe von dem, was er tut, nichts, er erinnert mich aber an Mr. Spock mit seinem Tricorder. In einer halben Stunde, vielleicht erst in einer Dreiviertelstunde wird mein Bruder Perry Rhodan lesen und ich Asterix. Oder er wird weiterprogrammieren. Ich werde aber Asterix lesen. Für meine Asterixhefte habe ich ein kleines Köfferchen aus fester Pappe. Außen habe ich es mit einer braungeblümten Folie beklebt. Das Köfferchen besitzt einen Griff und ein richtiges mechanisches Schloß. Die Hefte passen genau hinein, und bei jeder Fahrt liegt es hinter mir auf der Ablage, sonst darf da nichts an diesen Platz, das wissen alle Beteiligten. Wenn diese Fahrt nach 1975 stattfindet, dann ist bereits das eine fehlende Asterixheft ersetzt, das mir Grenzpolizisten beim Übertritt in die DDR abgenommen haben. Meine Eltern hatten damals das Köfferchen nicht erlaubt, sie hatten nur ein einziges Asterixheft erlaubt, es lag auf der Rückbank und führte dazu, daß quasi das ganze Auto in seine Einzelteile zerlegt wurde. Stundenlang hielten sie uns fest. Danach kaufte ich das Heft in Friedberg auf der Kaiserstraße neu, beim sogenannten *Hörzu*-Laden. Er hieß so, weil er ein großes *Hörzu*-Werbeschild zur Straße hin hängen hatte. Das war ein Zeitschriftengeschäft, in dessen Schaufenster viele Zeitschriften mit völlig nackten Frauen darauf zu sehen waren, etwas, dessen Zweck ich damals noch nicht begriff. Der Inhaber war kinderlieb und spielte abends auf der Seewiese mit Freunden Fußball. Tagsüber verkaufte er Süßigkeiten, Zigaretten, Asterix und vor allem Pornomagazine.

Wir aber sind auf dem Weg auf das Autobahnkreuz Nürnberg zu, und ich habe alle Hefte dabei und werde sie in den kommenden Wochen kontinuierlich durchlesen. Wenn wir in Urlaub fahren, ist meine Hauptbeschäftigung immer, Asterixhefte zu lesen. Nicht schnell, sondern möglichst langsam und portioniert, damit sie lange genug vorhalten, denn der Urlaub ist lang, und ich fürchte mich schon im voraus vor ihm, wie vor jedem Urlaub. Ich fürchte mich davor, wochenlang das Haus und mein Zimmer verlassen zu müssen und an einen anderen Ort zu kommen, wo ich mich zu anderen Menschen verhalten und mit ihnen reden soll und wo ich doch nur genauso schweigend herumstehen und -sitzen werde wie zu Hause, wenn dort Gesellschaft anwesend ist. Der hauptsächliche Halt im Urlaub ist mein Asterix-Köfferchen. Und noch immer bloß ein Lichtstreif am Horizont, auch wenn er schöner und immer schöner wird, heller, breiter, farbiger, und die Wälder darunter immer dunkler dagegen. Ich sitze stumm hinter dem Glas und starre hinaus wie ein Fisch aus dem Aquarium. Am Zielort werde ich in einem Zimmer mit meiner Schwester übernachten müssen. Besser, man denkt daran nicht. Mein Bruder hat wenigstens ein eigenes Zimmer.

Wenn ich nicht Asterix lesen werde, werde ich mit meinem Bruder auf seiner Bettkante sitzen und Singles hören. Das ist das Zweitbeste am Urlaub. Er hört z. B. Bachman-Turner Overdrive. Das sind (weiß das Kind) dicke, bärtige Kerle, über die wir uns immer lustig machen, wenn wir die Single-

Cover anschauen. Mein Bruder erzählt witzige Geschichten über sie. Sie kommen aus Kanada und wahrscheinlich aus dem Wald, denn sie sehen aus wie Holzfäller. Einer von ihnen ist aber dünn und stottert absichtlich auf einer Single. Auch lustig. Mein Bruder hört daneben Manfred Mann's Earth Band oder Thin Lizzy. Mir gefällt das alles sehr gut. Natürlich könnten wir das auch zu Hause im Mühlweg hören, aber wir müssen ja aus irgendwelchen Gründen in den Urlaub fahren.

Als Kind war für mich In-den-Urlaub-Fahren etwas, das man machte, weil man es eben machte. Wie man beim Mittagessen nicht die Ellbogen auf den Tisch legte, weil man nun einmal die Ellbogen nicht auf den Tisch legte beim Mittagessen, so fuhr man in Urlaub, weil man in den Ferien nun einmal in Urlaub fuhr. Inklusive Aufstehen früher als jede Armee, Vollbepackung des Autos und Erreichen des Nürnberger Kreuzes noch vor Sonnenaufgang. Und ich, das Kind auf der Rückbank, als transportierte Last unter anderen. Das Auto hatte seine eigenen Gesetze. Es war da und ermöglichte den Drei- oder Vierwochenumzug in den Urlaub, also wurde dieser Umzug gemacht.

Von vorn wird aufgepaßt, daß ich nicht zu früh

zu lesen anfange, damit ich mir nicht »die Augen kaputtmache«. Zu Hause hätte ich jetzt noch geschlafen.

Die Mutter müht sich nach wie vor damit ab, alle Viertelstunde geschmierte Brote aus einer der beiden Tüten herauszuholen und uns, ihren Kindern, anzubieten. Sagt jemand auf der Rückbank ja, dann wickelt sie das betreffende Brot eigenhändig aus der Folie oder dem Papier, reicht es nach hinten, zerknüllt das übrigbleibende Material und wirft es in die eine Tüte, wodurch diese sich, noch im Status der Provianttüte, quasi gleichzeitig sukzessive in die Mülltüte verwandelt. Dann reicht sie Küchenpapier nach hinten, damit das betreffende Kind sich Mund und Hand abwischt. Das Kind reicht das Küchenpapier nach vorn, es wandert in die Tüte zu dem Zellophan oder dem Aluminium oder dem Butterbrotpapier. Wichtig ist zwar die permanente Versorgung der noch im Wachstum befindlichen Kinder, wichtig ist ebenso aber auch die des Fahrers, damit er nicht unterzuckert und infolgedessen unaufmerksam wird oder insgesamt an Fahrtüchtigkeit einbüßt bei einhundertsiebzig oder einhundertachtzig Stundenkilometer auf der Autobahn. Schliefe er ein, bedeutete das den Tod der Familie. Deutsche (hessische)

Familie bei Urlaubsreise tödlich verunglückt. Deshalb bekommt mein Vater auch alle Viertelstunde eine Thermoskannenkappe mit gezuckertem Milchkaffee verabreicht. Ohne hinzusehen (weil er auf die Fahrbahn schaut), nimmt der Vater die Kappe aus der Hand der Mutter, seiner Gattin (er hat sie vor inzwischen ca. dreizehn Jahren geheiratet), dann nimmt ihm die Gattin die Kappe wieder ab, wischt sie mit einem Stück Küchenpapier trocken und schraubt sie zurück auf die Flasche. Das Papier wandert in die Tüte.

Willst du nicht noch ein Brot? Sonst bekommst du vielleicht wieder Kopfschmerzen.

Mein Vater sagt ja, mehr aus Höflichkeit bzw. um seine Gattin zu beruhigen.

Es wird ein nächstes Brot ausgepackt, auf das dann notwendigerweise ein weiterer Schluck aus der erneut abgeschraubten Thermoskannenkappe folgt. In dieser Kleinteiligkeit gehen die Versorgungsleistungen bzw. -angebote vom rechten Vordersitz aus, bis endlich, Nürnberg ist passiert, so viel Licht vorhanden ist, daß ich mir nicht mehr »die Augen kaputtmache«, und ich greife, inzwischen selbst ein Brot in der Hand, das ich auf meinen Schoß lege, nach hinten, um mein Köfferchen heranzuholen. (Das Brot muß ein Weißbrot sein und der Schinken gekocht, andere Brote esse ich als Kind nicht.)

Asterixhefte: Natürlich kenne ich alle Hefte auswendig und habe sie schon mindestens dreißigmal gelesen, aber es geht überhaupt nicht darum, etwas *Neues* zu lesen. *Neues* will ich gar nicht haben. Ich will mich in jedes Heft hineinbegeben als in etwas, das ich kenne und jedesmal wie einen Freund wiederfinde. Aber jedes Heft ist anders. Am Anfang, als ich mit Hilfe meines Bruders lesen lernte, mochte ich die ersten Hefte lieber, in denen noch nicht so viel im Dorf gestritten wurde. Je älter ich werde, desto mehr mag ich die Streitereien. Aber auf unserer Fahrt liebe ich vor allem noch die gemütlichen Szenen, wo gegessen und im Wald gejagt wird und die Welt vollkommen in Ordnung ist. So rasen wir bei größtmöglicher Geschwindigkeit über eine Asphaltstrecke, während ich mich im gallischen Wald befinde mit meinen Freunden Asterix und Obelix.

Beginne ich mit *Tour de France*? Oder mit *Asterix und der Kupferkessel*? Dieses Heft habe ich am seltensten gelesen und manchmal Angst davor gehabt, denn Asterix wird am Anfang des Abenteuers aus dem Dorf ausgestoßen und ist heimatlos. Er hat kein Zuhause mehr. Das hat mich als

Kind völlig fertiggemacht. Deshalb konnte ich auch nicht die Fernsehserie *Kater Mikesch* schauen, denn ich war über alle Maßen erschüttert, als Mikesch unglücklicherweise den Rahmtopf der Großmutter auf der Kellertreppe zerschlägt und deshalb »in die weite Welt hinausgehen muß«. Verstoßen sein, das war das Schlimmste, was ich mir vorstellen konnte. In die Welt hinausmüssen. Ein bißchen so fühlte ich mich selbst immer, wenn wir in dieses Auto stiegen und Hunderte Kilometer wegfuhren für eine für mich unüberschaubar lange Zeit.

Freiwillig ging ich gern auf Reisen mit Asterix und Obelix, nach Rom, nach Spanien, in die Schweiz oder nach Ägypten, aber dafür hätte ich unser Haus in Friedberg ja nicht verlassen müssen!

Jetzt aber sitzt das Kind auf der Rückbank, ißt ein Schinkenbrot, liest *Tour de France* und ist glücklich. Vergessen die Welt um es herum. Gezuckerten Milchkaffee lehnt es ab.

Wenn die Fahrt nach Brixen geht, folgt irgendwann das Brennerritual. Es besteht darin, daß wir uns vor dem Brenner in eine gigantische Schlange wartender Autos einreihen, die über den Brenner wollen. Je eher wir bei Nürnberg gewesen sind, desto weniger gigantisch ist die Schlange, aber sie ist doch jedesmal fast unendlich. Während des Wartens Beruhigungsmaßnahmen der Eltern an meiner Schwester. Manchmal aussteigen während des Stehens in der Schlange. Ein wenig nach vorn laufen. Vielleicht gibt es dort neue Informationen, vielleicht sieht man, wenn man vorgelaufen ist, in der Entfernung irgendwelche Bewegungen. Falls die Bewegungen vor einem näher kommen, muß man wieder einsteigen. Nach ewiger Zeit dann das Passieren des Grenzbeamten, diese Prozedur dauert aber nur eine einzige, geradezu enttäuschende Sekunde. Mein/unser Vater/der Gatte hält Pässe aus dem Fenster, gestaffelt wie bei einem Kartenspiel, so daß man bei jedem Paß das Foto der betreffenden Person sehen kann. Auch mein Bild wird hingehalten. Der Grenzbeamte winkt nur durch. Ein Mann in Uniform. Wie er auf meine Schwester gewirkt haben mag? Er war ja kein US-Amerikaner, sondern nur Italiener.

Das Durchwinken dauert nur eine Sekunde, aber jeder, der nach Italien will, muß dafür schier endlos anstehen. An der DDR-Grenze hatte sich das Anstehen immerhin gelohnt, denn wenn man dann drankam, wurde man wenigstens stundenlang kontrolliert und nicht einfach nur banal durchgewinkt.

Nach der Grenzprozedur das Anstehen an der Maut. Man mußte Lire parat haben. Lire noch vom letzten Mal. Bei der Fluchtrückkehr hatte man folglich immer darauf zu achten, nur so viel Lire am Reisetag bzw. am Vortag auszugeben, daß man bei der nächsten Flucht noch genügend Lire für die Maut haben würde. Sonst mußte man vorher zu Hause erstmal zur Bank und umtauschen.

Nach Grenze und Maut faucht das Auto dann wie befreit auf. Endlich entronnen! Der Vater »gibt Gas«. Gib nicht so Gas, sagt die Mutter. Es ist der nicht zu bändigende Freiheitsimpuls, er muß es tun, er gibt Gas, wenn auch dezent. Aber nach einigen hundert Metern bilden die Autos doch bloß wieder eine Kolonne und schlängeln sich ergeben über das riesige Viadukt.

Hoffentlich kein Unfall vor uns! Wenn ein Unfall, dann bitte hinter uns! Und die Baustellen! Immer gibt es Baustellen auf der Viaduktstrecke, und dafür diffamieren wir dann die Italiener. Die Diffamierungen finden aber nicht im Automobil statt, sondern erst nach unserer Rückkehr zu Hause. Mein Onkel J. ist dann immer entschlossen dabei, auch die Arbeitskollegen. Die Italiener können nix, können nicht bauen und nix instand halten. Essen alle Spaghetti und können deshalb auch keine Armee führen. Um zwölf Uhr muß der Italiener seine Nudeln essen und beendet daher die Arbeit auf der Baustelle. Macht Siesta bis in den Nachmittag, und sowieso arbeitet der Italiener kaum. Der Italiener neigt zum Nichtstun. Vor allem auf Baustellen. Die italienischen Beamten sind genauso schlimm und gehen schon mit 37 Jahren in Rente. Die Polizisten sind eitel, und ihre Arbeit besteht darin, ihre gewichsten Uniformen zu tragen. Können ja machen, was sie wollen, die Italiener, fremdes Volk, aber daß auf den Brennerviadukten immer wieder Baustellen überall jederzeit omnipräsent aus dem Boden (aus dem Asphalt) schießen, halten sie insgesamt in Deutschland (BRD) für einen zivilisatorischen Skandal, wenn wir wieder zu Hause angekommen sind und mein Vater von den Baustellen berichtet. Die Italiener sind eigentlich Kaffer und Südeuropäer. Fremd wie Rumänen oder Bulgaren, wenn man genauer hinschaut. Südeuropäer sind ein anderes Volk. Das Römische Reich ist ohnehin lange her. Die Südtiroler sind freilich anders, aber sie sind auch nicht für das Brenner-Baustellen-Chaos verantwortlich.

Die Südtiroler sind ordentlich und reden deutsch. Die Südtiroler sind keine Italiener. Über einen Südtiroler hätten wir zu Hause in Friedberg in der Wetterau, wäre er dort zu Besuch gekommen, niemals gesagt: Ein Ausländer. Aber jeder Italiener war ein Ausländer. Denn ein Ausländer war ein Südländer. Und hinter jedem Südländer steckte ein Kaffer. Was in den Gesprächen über die Brenner-Baustellen stets aufs neue zu beweisen war.

Wir ziehen in Kolonne über den Brenner. Nach der Brennerautobahn verläuft es sich, der Verkehr entzerrt sich, der Wagen kann nun wieder etwas freier agieren, der Mercedes kann sich zeigen, ein bißchen mehr Gas geben. Die letzten dreißig Kilometer ab Sterzing kenne ich auswendig, wahrscheinlich bin auch ich jedesmal von dem widersprüchlichen Gedanken beherrscht: Wann sind wir endlich da? Widersprüchlich, weil ich zu diesem »da« ja gar nicht hinwollte, sondern lieber daheim geblieben wäre, aber am Ende doch froh war, diese Autofahrt endlich hinter mir zu haben.

Offener Tunnel heißt *galleria*, ich zähle die Betonpfeiler. Franzensfeste, dann an Neustift vorbei, Blick auf einen Wingerthügel, der die Sicht auf Brixen noch versperrt, dann, auf einen Schlag, endet der Wingert, und die Sicht ist nun frei:

Brixen. Wir sind fast da, und ich packe mein Asterixköfferchen zusammen.

Auch die letzten zwei, drei Kilometer durch die Stadt, über den Eisack am Laurinhof vorbei bis kurz vor den Stremitzer und dann links hoch Richtung Temlhof, kenne ich auswendig. An die früheren Fahrten (vor 73, da kauften wir die Wohnung in Brixen) erinnere ich mich nicht mehr so gut, die gingen immer nach Innsbruck. Da mußten wir noch nicht über den Brenner, aber auch da wollten sie wahrscheinlich schon vor Sonnenaufgang bei Nürnberg sein. Am Ziel angelangt, können dann erstmal die Scheinwerfer gereinigt werden, sie sind fast völlig bedeckt von Insektenblut, ebenso wie der Kühler.

Ankommen an der Wohnung war ebenfalls immer dasselbe. Oberhalb des Wohnungsblocks, in dem meine Eltern die Ferienwohnung gekauft hatten, verlief eine Sackgasse, eng und mit erheblicher Steigung und entsprechendem Gefälle binnen wenigen Metern. Vor allem vor dem Taler-Haus befand sich ein merklicher Hubbel. In diese Sackgasse fuhr mein Vater, um nicht alle Koffer und alle weitere Flüchtlingsware aus der Tiefgarage hochschleppen zu müssen. Von der Sackgasse aus hattest du nur fünfzehn Meter zu unserer Wohnung. Kein Vergleich, was die Distanz von der Tiefgarage zur Wohnung anging.

Mein Vater also fährt in die Sackgasse. Die Türen öffnen sich, die drei Kinder und die Gattin und der Gatte strömen heraus, die Ferienwohnung wird aufgeschlossen, Läden hoch, Fenster auf, und der Vater beginnt, was er am Morgen in Nachtschwärze in den Wagen geladen hat, wieder aus diesem herauszuholen, damit es in die Wohnung geschleppt wird. Mir, dem kleinsten Kind, wird der Auftrag erteilt, die eine oder andere Tüte zu nehmen, um mich ebenfalls am allgemeinen Schleppen zu beteiligen.

Jetzt ist der Mercedes Benz aber erst halb leer, wie er da in der Sackgasse steht (alle Türen und der Kofferraum geöffnet, wie ein Vogel, der sein Gefieder aufplustert). Und just da kommt der Nachbar Gruber, mit dem wir sowieso nicht gutstehen, und will aus seiner Ausfahrt über die Sackgasse zur Straße, um in die Stadt hinunterzufahren. Der Nachbar Gruber möchte nicht, daß seine Ausfahrt zugestellt wird. Vor allem möchte er nicht, daß (was im Anschluß an das Auspacken geschehen wird) jemand seine Ausfahrt benutzt, um auf ihr zu wenden. Er hat mit seinem Bruder den Boden der Ausfahrt Stein für Stein selbst verlegt. Und überhaupt ist der Nachbar Gruber ein Gegner des Bauprojekts gewesen, in das wir uns eingekauft haben und das ihm, seit es errichtet wurde, die Aussicht ins Tal nach Brixen komplett versperrt: ein Wohnriegel mit drei Geschossen, sieben Wohnungen auf jeder Etage, alle mit Balkon zum Süden, Sonne pur den ganzen Tag. Aber Gruber schaut nur noch auf unsere Rückfassade.

Mein Vater macht Türen und Kofferraum zu, fährt unter den Blicken Grubers rückwärts über den Taler-Hubbel zur Hauptstraße zurück und wartet, bis Gruber aus seiner Ausfahrt herausgefahren ist, den Taler-Hubbel vorwärts überquert und dann in die Stadt hinunter abbiegt. Daraufhin passiert mein Vater wieder den Taler-Hubbel, stellt den Wagen erneut vor die Ausfahrt Grubers, öffnet zum zweiten Mal die Türen und den Kofferraum und räumt weiter aus. Minutenlang stehen immer noch Tüten und Koffer und Kühlboxen und Schuhe und weiteres Gepäck auf der Straße, dann ist alles in die Wohnung verbracht, mein Vater schließt die Türen und den Kofferraum, läßt den Wagen an, wendet in Grubers Ausfahrt (bald darauf wird vor der Ausfahrt eine Eisenkette hängen), nimmt den Taler-Hubbel, fährt einmal ums Eck und erreicht so die Tiefgarage, in der er auf dem nächsten Platz zur Treppe das Auto parkt. Dieser Platz ist unser eigener und wird das ganze Jahr freigehalten, denn wir haben ihn gekauft.

Die Stadt, in der wir uns nun befinden, heißt also Brixen und liegt im Eisacktal in Südtirol. Im Mittelpunkt unseres dortigen Aufenthalts wird unangefochten das Auto stehen.

Nach der Ankunft und dem Ausräumen gleich die erste Fahrt hinunter in die Stadt, um dort bei Cash & Carry einzukaufen. Dafür muß der Kofferraum leer sein. Er wird beim Cash & Carry gleich wieder gefüllt. Man kauft dort zu Zwischenhändlerpreisen, meine Eltern haben einen Berechtigungsausweis von einem Wirt, dessen Pension vor unserem Wohnriegel liegt. Beim Cash & Carry kann man überdies, hat man den Ausweis, auf dem Parkplatz vor dem Laden parken. Beim Cash & Carry kann man den riesigen Einkaufswagen, groß genug für ganze Paletten, bis obenhin vollmachen und direkt bis an den eigenen Kofferraum schieben, um dann wiederum diesen bis obenhin vollzumachen. Nudeln, Tomatendosen, Milchtüten, Kaffeepackungen, Butterpackungen, Ölflaschen, abgepackte Fleischladungen, Kartoffelsäcke, Toilettenpapier, Waschmittel, Spülmittel, Staubsaugerbeutel, Zahnpasta, Haarwaschmittel. Anschließend oben an der Wohnung über den Taler-Hubbel vor Grubers Ausfahrt, ausladen und wenden.

Dann ist alles im Kühlschrank, im Eisfach und in den Vorratsschränken verstaut, im Besenschrank und im Bad. Auch die Koffer sind längst ausgepackt, die Schuhe im Vorraum aufgereiht, die Tüten entleert und der Reisemüll »entsorgt«. Jetzt ist es aber schon bald Abend. Heute wird nicht gekocht! Drüben in der Pension unterhalb unseres Riegels, deren Wirt uns den C&C-Ausweis besorgt hat, ist jeder Tisch besetzt, denn alle deutschen Urlauber sind schon da. Die Familie läuft folglich durch das Treppenhaus nach unten in die Tiefgarage, steigt dort in den Mercedes Benz, verläßt die Garage und fährt mit dem Automobil hinab in die Stadt zum Stremitzer. Parken am Eisack, glücklicherweise ist ein naher Parkplatz frei. Eineinhalb Stunden später fährt die Familie wieder hinauf.

Dann ist Nacht, das Auto steht für den nächsten Tag bereit neben der Treppe auf seinem Platz (wie es in der Nacht zuvor in Friedberg in der Garage gestanden hatte, in Erwartung der großen Fahrt), mein Bruder schläft in seinem Zimmer, meine Eltern in ihrem, und ich liege in einem Zimmer mit meiner Schwester und höre sie atmen. Ohne das Automobil wäre all das unvorstellbar. Es ist das zentrale Instrument der Leidensermöglichung. Ende des ersten Urlaubstages.

Nächster Tag. Heute zwei Autofahrten. Eine zur Bank und zum Sanitärhändler, weil das Badezimmer noch nicht fertig ist. Es fehlt eine Armatur. Anschließend Rückfahrt. Dann noch einmal zu einer Apotheke, ein Kind hustet.

Tag drei Ausflug Kalterer See, Fahrtzeit eine Stunde hin, eine zurück.

Tag vier einkaufen, Mittagessen beim Stremitzer, Sanitärgeschäft.

Tag fünf Fahrt zur Seiser Alm (45 min), dort parken auf einem riesigen Parkplatz zwischen zahllosen deutschen Touristenautos, Wanderung über die Alm. Blumenwiesen, Apfelstrudel mit Vanillesauce. Die unberührte Seiser-Alm-Natur, sagen meine Eltern. Auf dem Rückweg tanken. Mein Vater vergleicht unterwegs aufmerksam die Benzinpreise.

Weitere Ausflugsziele in den nächsten Tagen: Bozen (45 min), Pragser Wildsee (1 h), Meran (1 h plus). Dazwischen immer wieder Fahrten in die Stadt hinunter. Zeit unserer Urlaubsreisen nach Brixen haben meine Eltern die hundert Meter Höhenunterschied zwischen Stadt und Wohnung immer mit dem Auto zurückgelegt. Der Weg »in die Stadt« war immer der Weg mit dem Auto (wie in Friedberg).

Schließlich der allsommerliche Familienausflug mit der Familie Feichtinger nach Feldthurns zum Unterwirt (25 min). In unserem Riegel gab es ein älteres Ehepaar, Herrn und Frau Feichtinger aus München. Er Oberregierungsrat (sie Frau Oberregierungsrat). Auf einem Weg nach Brixen oder von Brixen zurück erlitten sie später, Mitte der Neunziger, einen schweren Unfall. Ihm fehlte seitdem der linke Arm, ihr der rechte. Nach Brixen fuhren sie weiterhin, bis zu ihrem Tod. Er lenkte, sie schaltete (3 h).

ATHEN

Ein paar Jahre später betrat ich an einem Tag im späten Frühling unser Wohnzimmer im Mühlweg. Die Eltern waren nicht da und ich allein im Haus. Es handelte sich um die Zeit einige Wochen vor dem geplanten Flug nach Griechenland. Nach Brixen fuhr ich schon sei längerem nicht mehr mit.

Ich hatte nichts zu tun und empfand das Alleinsein im Haus wie immer als angenehm. Allerdings hatte sich mein Gesellschaftsverhalten inzwischen verändert: Ich ging nun gern hinaus. Alles war auf »Neuheit« und »Aufbruch« eingestellt. Nach den Sommerferien würde ich ins achte Schuljahr kommen.

Ich streunte durch das Wohnzimmer und tat etwas, was ich als Kind oft gemacht hatte und jetzt aus einer Art Sentimentalität heraus wieder tat: Ich öffnete die hölzerne Schranktür, hinter der sich die Hausbar befand. Jene Hausbar war ein abschließbares Schrankfach, das innen auf jeder Seite mit Spiegelflächen ausgekleidet war und in dem automatisch ein Lämpchen zu strahlen begann, wenn man es öffnete. Die Zahl der Flaschen und der geschliffenen Karaffen vervielfachte sich durch die Spiegeloptik. Als Kind hatte mich dieser Anblick immer berührt, weil er so raffiniert war und ein bißchen nach Simsalabim aussah.

In meiner Kindheit hatte ich allerdings nie irgendetwas aus dieser Hausbar probiert. Alles darin war ausschließlich die Sache der Erwachsenen gewesen und hatte mit mir ebenso wenig zu tun wie vieles andere damals (z. B. die Zigaretten, die mein Onkel ständig rauchte).

Dieses Mal aber verlief meine Begegnung mit der Hausbar anders. In der Bar stand nämlich etwas, das sich dort früher nicht befunden hatte. All die Flaschen, die in meiner Kindheit in jenem Barschränkchen versammelt waren, hatten mir aus vorgenanntem Grund nie etwas bedeutet. Asbach Uralt etwa hatte ich zwar aus der Werbung gekannt, aber die Werbung hatte mich nie angesprochen. Cognacgläser, geschwenkt bei Kaminlicht: *Wenn einem so viel Gutes widerfährt, das ist schon einen Asbach Uralt wert.* Die Fernsehwerbung hob auf irgendeine mir verschlossene Form von Gemütlichkeit oder Behaglichkeit ab, die ich nur mit dem Dasein meiner Eltern identifizieren konnte. Das langweilige abendliche Dasitzen im Wohnzimmer.

Diesmal aber stand eine Flasche in der Bar, die ich aus einer neuen Werbung kannte und die mich ansprach. Schon ihr weißes Etikett fiel aus dem Rahmen. Sie sah schlank und jugendlich aus, ermunternd, vermittelte nicht die weinbrandbraune Spießigkeit der übrigen Spirituosen. Die Marke hieß Bacardi Rum.

Die Werbung handelte, anders als bei Asbach Uralt (oder etwa Mariacron), von ausgelassenen jungen Menschen, die ungewöhnlich guter Laune waren und an irgendetwas großen Spaß hatten. Exotische Gefilde waren zu sehen. Die Werbung vermittelte Neuheit und Aufbruch. Hinaus aus dem cognacschwenkenden deutschen Wohnzimmer! An die Luft! Unter die Sonne!

Worin genau der Grund der guten Laune und der Ausgelassenheit bestand, war mir bis zu diesem Tag allerdings nicht ganz klar gewesen.

In jener Sekunde vor der Bar fiel mir noch etwas anderes ein. Es hatte mit dem Beruf meines Vaters zu tun. Dieser arbeitete als leitender Angestellter bei der Henninger Brauerei in Frankfurt am Main. Als solcher bekam er ein Kontingent an sogenanntem Haustrunk. Seit ein paar Wochen vertrieb seine Firma Cola (zwar nicht Coca, aber immerhin Pepsi). Der Teufel oder der liebe Gott wollte also, daß in dem Augenblick, als zum ersten Mal Bacardi Rum in meinem Elternhaus vorhanden war, auch eine Kiste Cola im Keller stand.

Ich mochte Cola eigentlich nicht, weder Pepsi noch Coca. Aber Bacardi *und* Cola schossen sofort als Idee in meinem Kopf zusammen, als ich vor der Hausbar stand. In der Werbung vermischten sie nämlich Cola mit Bacardi. Das mußte das Geheimnis und die Ursache ihrer guten, ausgelassenen Laune sein. Eine Art Zaubertrank. Anders war es nicht erklärbar! Und ich hatte nun freie Hand, mir selbst ein solches Getränk zu bereiten.

Ich nahm ein Glas, schüttete irgendein Quantum Rum hinein und dann Pepsi-Cola. Als ich den ersten Schluck trank, schmeckte es ganz gut. Deutlich besser als Cola allein.

Kaum hatte ich den Schluck getrunken, machte sich ein überraschendes Wohlgefühl in mir breit. Eigentlich hatte ich ja oben im ersten Stock auf meinem Bett liegen und lesen wollen. Also nahm ich das Glas mit auf mein Zimmer, trank einen weiteren Schluck, legte mich aufs Bett und begann zu lesen. Vermutlich handelte es sich um einen Abenteuerroman, das weiß ich nicht mehr.

Vielleicht spielte er sogar an Stränden und unter Palmen, wie die Bacardi-Werbung.

Ich lag gern auf dem Bett und las, und vor allem hatte ich keinerlei Lust, in den nächsten Ferien mit meinen Eltern nach Griechenland zu fliegen. Ich empfand keinerlei Vorfreude darauf. Lieber wäre ich bei meinen Bekannten und Freunden in Friedberg geblieben. Mir war klar, daß es die letzte Reise mit meinen Eltern sein würde. Fast drei Jahre – für mich damals eine Ewigkeit – hatte ich es geschafft, nicht mehr mit ihnen zu verreisen.

Ich trank das Glas innerhalb einiger Minuten aus und fühlte mich immer wohler. Ich las.

Plötzlich geschah etwas, das ich in keiner Weise erwartet hätte. Vielleicht hatte ich ja damit gerechnet, daß sich meine Umwelt in einen Sandstrand verwandeln und die Südsee-Sonne in mein Zimmer strahlen und sich eine Anzahl Leute materialisieren würde, die genauso guter Laune waren wie in der Werbung und deshalb vor meinen Augen eine Party machten, oder gemeinsam mit mir. Aber ich hätte sicher nicht damit gerechnet, daß ich plötzlich, wie ich da mit meinem Buch auf dem Bett lag, grundlos zu kichern beginnen würde. Alles schien mit einem Mal überaus lustig. Als ich zu greifen versuchte, was denn so lustig sei, fand ich nichts. Das machte alles noch lustiger. Ich kicherte immer mehr, und dieses Kichern machte Spaß, sozusagen allein aus sich selbst heraus.

Ich versuchte mich auf das Buch zu konzentrieren, was das Kichern noch einmal steigerte. Daraufhin richtete ich mich auf meinem Bett auf und lachte lauthals los. Es tat regelrecht weh, wie ich lachen mußte.

Nach einigen Minuten begann die Wirkung wieder abzuebben. Lachen und Kichern verließen mich, aber die gute Laune blieb, und ich las wieder in meinem Buch.

In Griechenland würde ich nicht lesen können. Ich würde höchstens ein oder zwei Bücher mitnehmen. Und vermutlich würde ich mit meiner Schwester in einem Zimmer übernachten müssen. Das letzte Mal, daß ich das gemußt hatte, lag auch fast drei Jahre zurück.

Aber diese Gedanken verdrängte ich sofort wieder. Dafür war ich zu gut gelaunt. Ich war auch für das Buch zu gut gelaunt und konnte mich nicht auf es konzentrieren, vielleicht wollte ich es auch gar nicht. Aber was wollte ich? Wohin nun mit all dieser zauberhaften guten Laune und der Leichtigkeit, mit der ich auf meinem Bett zu schweben schien?

Nach vielleicht zwanzig Minuten beschäftigte mich ein neuer Gedanke. Er kam mir einfach so in den Sinn. Ich sagte mir: Du hast Bacardi Rum mit Cola getrunken. Darauf hast du beste Laune bekommen und sogar gekichert. Du hast gekichert, als würde man dich mit der Feder an der Ferse kitzeln. Es scheint zwischen beidem, Bacardi mit Cola und Kichern, ein unmittelbarer Zusammenhang zu bestehen. Wenn es aber diesen Zusammenhang gibt und das eine das andere auslöst, dann muß sich das Experiment wiederholen lassen.

Ich lief also wieder ins Erdgeschoß hinunter, öffnete erneut die Hausbar, die sofort zu leuchten begann, nahm die Bacardi-Flasche und goß davon in mein Glas. Dann ging ich zum Kühlschrank, in den ich die Cola-Flasche gestellt hatte, und goß den Rum damit auf. Anschließend kehrte ich in mein Zimmer zurück, trank auf der Bettkante einen Schluck, wartete einen Augenblick, dann nahm ich noch einen Schluck, anschließend legte ich mich auf den Bauch und begann wieder zu lesen. Nach zwei, drei Minuten kicherte ich. Ich kicherte ebenso wie beim ersten Mal. Auch das Lachen stellte sich wieder ein. Wunderbar, es ließ sich tatsächlich wiederholen!

Zum ersten Mal seit drei Jahren mußte ich also mit meiner Familie verreisen. Mein Bruder war inzwischen volljährig, hatte eine Firma gegründet, das Haus verlassen und mit familiären Angelegenheiten kaum mehr etwas zu tun. Meine Schwester war inzwischen sechzehn und hatte ausschließlich Dinge im Kopf, die mit den USA zu tun hatten, vor allem mit männlichen Amerikanern.

Der morgendliche Aufbruch war mit den früheren Fahrten nach Brixen nicht zu vergleichen. Es wurde weniger Gepäck in den Mercedes geladen, es wurde später losgefahren, es saß nur noch die Schwester neben mir, und wir hatten auch nur die Strecke bis zum Frankfurter Flughafen zurückzulegen. Vor dem Morgengrauen kein Nürnberger Kreuz. Ich hatte keine Asterixhefte dabei, die las ich kaum mehr. Vor allem aber befand sich ein Walkman in meiner Tasche. Darin eine Kassette. Ich hatte nur die eine mitgenommen und vorher lange darüber nachgedacht, was auf ihr drauf sein sollte. Tatsächlich würde mich diese Kassette im Walkman die nächsten zehn Tage begleiten, stundein, stundaus. Auf der a-Seite: *Magnetic Fields* von Jean-Michel Jarre; auf der b: *Der Watzmann ruft* von Ambros, Tauchen, Prokopetz. Ich hörte sie bereits auf der Fahrt zum Flughafen. Um Batterien zu sparen, hörte ich jede Seite immer ganz durch und spulte nicht zurück.

Am Flughafen fuhren wir in ein Parkhaus. Dort würde der Mercedes für die nächsten zehn Tage stehen bleiben. Ich lief mit demonstrativem Desinteresse an den Schaufenstern vorbei, in denen Flugzeugmodelle und Flugzeugpostkarten angeboten wurden. Boeing, McDonnell Douglas, Airbus. Flugzeuge in der Luft vor blauem Himmel. Beim Berlinflug Jahre zuvor hatte man mir, dem Kind, noch solche Modelle und Postkarten in die Hand gedrückt, weil man dachte, das sei normal und ein Junge werde sich wohl für Boeing- oder Airbus- oder McDonnell Douglas-Maschinen interessieren. Hier am Frankfurter Flughafen, kurz vor dem Einsteigen, interessierte ich mich aber ausschließlich für ein Mädchen, das beim Einchekken mit uns in derselben Schlange stand und offenbar ebenso wenig begeistert war wie ich, mit den Eltern eine Reise nach Griechenland unternehmen zu müssen. Auf meinen Ohren die gelben Schaumstoffballen meines Walkman.

Das Mädchen stieg in dieselbe Maschine wie wir und setzte sich einige Reihen von uns entfernt hin. Die Maschine war nicht voll. Beim Start saß ich neben den Eltern und beobachtete meine kreidebleiche Mutter. Sie hatte pure Angst im Gesicht. Als das Flugzeug, noch am Boden, Schub gab, preßte sie sich in den Sitz und schien innerlich Stoßgebete auszurufen. Dann hob die Maschine ab, und sie atmete schwer, offenbar mit einer sofortigen Katastrophe und dem Tode aller rechnend. Deutsche (hessische) Familie bei Flugzeugabsturz tödlich verunglückt.

Da die Maschine, wie gesagt, nicht ausgelastet war (es blieben ganze Reihen frei), setzte ich mich von meinen Eltern weg, sah zum Fenster hinaus, hörte abwechselnd *Magnetic Fields* und den *Watzmann*, dann landeten wir bereits wieder. Das Mädchen hatte lange braune Haare und trug ein türkisfarbenes T-Shirt sowie eine kurze weinrote Hose. Beim Auschecken verdrehten wir die Augen über unsere jeweiligen Eltern, die sich in ihrer aufgeregten Spießigkeit um das Gepäck, um das nächste Transportmittel (wo war der Bus? wo der Reiseführer?) und so weiter sorgten.

Im Hotel sah ich das Mädchen, das offenbar zu unserer Reisegruppe gehörte, zunächst nicht wieder. Das Hotel lag mitten in der Stadt, hatte einen parkähnlichen Garten im Innenhof und eine Tanzbar im Obergeschoß. Meine Schwester lernte innerhalb der ersten Stunde im Hotel einen US-Amerikaner und einen Australier kennen. Ich saß im Garten und kam mit einem deutschen Paar ins Gespräch, vermutlich um die Zwanzig, die mir zu erklären versuchten, inwieweit die Bundesrepublik ein freies Land und eine Demokratie sei, die DDR aber nicht, und deshalb müsse man DDR sagen und nicht Deutsche Demokratische Republik, weil sie eben nicht demokratisch sei. Andererseits dürfe man nicht BRD sagen, sondern müsse Bundesrepublik Deutschland sagen, damit unser freies Land nicht auf eine Ebene mit der DDR hingestellt erscheine. Denn die Bundesrepublik sei eine solche, der andere Staat aber sei nicht, was er im Namen führe.

An die Frau kann ich mich nicht mehr erinnern, diese Begegnung ist fast drei Jahrzehnte her. Was den Mann angeht, so weiß ich noch, daß er ein langärmeliges Hemd trug, das er sich in seine Jeans gesteckt hatte. Die Hose saß stramm, war mit einem Gürtel versehen, und die Hemdsärmel waren nicht hochgekrempelt, sondern an den Manschetten ordnungsgemäß verschlossen.

Der US-Amerikaner und der Australier hatten keine politischen Diskussionen, sondern meine Schwester oder überhaupt nur irgendeine Gesellschaft im Sinn. Meine Schwester war zu der Zeit noch vergleichsweise schlank, hatte Dauerwellen und trug eine Art Holzfällerhemd. Durch den ständigen Kontakt zu den GIs bei uns zu Hause in Friedberg sprachen wir beide ungewöhnlich gut amerikanisches Englisch.

Meine Schwester ging an jenem ersten Abend in Athen mit den beiden Männern in die große Tanzbar im obersten Geschoß. Der US-Amerikaner und der Australier fanden mich auf den ersten Blick sympathisch (die GIs in Friedberg mochten mich auch stets). Also begleitete ich die Gruppe in die Bar. Den beiden Männern war vermutlich nicht klar, daß ich deutlich jünger war, als ich wirkte. Auf jeden Fall luden sie mich zu zwei oder drei Cocktails ein, und da diese augenscheinlich keinerlei Wirkung bei mir zeigten, hielten sie meine Anwesenheit für völlig normal.

Ich hatte bereits bei der Ankunft im Hotel eine solche Revolution angezettelt, daß ich ein Zimmer für mich allein bekommen hatte. Meine Schwester, die erst später aus der Bar herunterkam, übernachtete im Zimmer meiner Eltern. Mein Vorsatz während dieses Urlaubs war nicht explizit, kristallisierte sich aber sukzessive heraus: Sei so anstrengend wie möglich! Verdirb es ihnen, soweit es in deiner Macht steht! Laß sie für diese Reise büßen!

Am nächsten Tag hatte meine Schwester Kopfschmerzen, und der Amerikaner und der Australier waren verschwunden. Wir selbst hatten noch einen Tag in Athen und würden dann mit der pangriechischen Rundreise beginnen.

Den Tag verbrachte ich bis zum frühen Nachmittag mit der Reisegruppe (Akropolis, Nationalmuseum) und blieb dann allein im Hotel. Ich legte mich in meinem Zimmer auf das Bett und genoß es, für mich zu sein; betrachtete die Wände, die Möbel, die aus leichtem Holz gefertigt waren, die gegenüberliegende Hauswand und das Stück Himmel, das durch mein Fenster zu sehen war; genoß die Stille. Eine Weile lag ich herum, las oder hörte *Magnetic Fields* und döste etwas. Dann stand ich auf und begann, durch die Flure des Hotels zu laufen. Sie waren verwinkelt, man konnte sich nur mit einiger Anstrengung einen Überblick verschaffen. Ich kam auch an der Tür von Yvonne vorbei (so hieß das Mädchen mit den langen braunen Haaren). Allerdings klopfte ich nicht, da ich wußte, daß sie mit ihren Eltern bei der Reisegruppe geblieben war. Sie schauten sich jetzt in Athen irgendetwas an und bekamen dazu Erklärungen von der Reiseleiterin geliefert.

Hotels kannte ich hauptsächlich aus Tirol und

Südtirol. In Rom hatten wir in einem Kloster übernachtet, meine einzigen Erinnerungen an diesen Ort waren, daß das Klima dort in den Gemäuern kalt und feucht war und die Nonnen alle Mundgeruch hatten. Später, im Jahr 2006, als ich eine Weile in Rom lebte, meinte ich dieses Kloster in der Nähe der Piazza della Repubblica wiedergefunden zu haben. In Venedig hatten wir meistens bei unseren Bekannten übernachtet und einmal in einer kleinen Pension, in der ein Schwarm von Insekten über mich, das Kleinkind, hergefallen war.

Im Gegensatz zu den Hotels in den Alpen war hier alles heller. Keine dunklen Teppiche auf den Fluren, keine dunklen Türen, und die Gaststube, in der es heute morgen Frühstück und gestern Abendessen gegeben hatte, war nirgends behängt mit Eggen oder Tirolerhüten oder Kupferschüsseln. Alles wirkte hier, mir fiel kein rechtes Wort ein, dünner, weniger massiv. Die Fensterscheiben waren ebenso fragil, wie es die Türen zu sein schienen. Selbst die Türgriffe sahen irgendwie anders aus als bei uns. Der Boden bestand aus Marmor oder Sandstein und nicht wie in den Alpen aus Holzdielen.

Im Innenhof hörte man das Wasser sprudeln,

und obgleich die Sonne knallte, konnte man sich zwischen irgendwelche Sträucher setzen, auf Bänke, die wiederum völlig anders als bei uns aussahen, geschwungener, verzierter und natürlich dünner und weniger massiv, und dort war es dann tatsächlich angenehm erfrischend. Wieviel schöner schien es mir, nun allein auf dieser fremdländischen, sozusagen attischen Bank zu sitzen, zwischen den mir unbekannten Sträuchern, als irgendwo in der Stadt aus dem Bus zu steigen, an einen Ort geführt werden, den Ausführungen der Reiseleiterin zuhören zu müssen, um anschließend wieder in den Bus zu steigen und an den nächsten sehenswürdigen Ort gefahren zu werden. Und ständig die Menschen um einen herum. Mir kam es vor (und ich hatte schon vorher seltsamerweise angesichts der Türgriffe im Hotel dieses Gefühl gehabt), als fände das tatsächliche Athen vielleicht viel mehr in dieser geschwungenen Bank und den Türgriffen statt als in den Informationen, mit denen man gerade der Reisegruppe die Stadt erklärte, während sie vor irgendwelchen Monumenten stand.

Als ich den Innenhof verließ, fühlte ich mich schon fast wie ein Grieche. Auch das Leben der Leute hier mußte leichter, irgendwie dünner, weniger massiv sein. In der kleinen Bar im Erdgeschoß lehnte der Barkeeper locker, anscheinend ohne Zwang, an seinem Tresen und sprach mit einem anderen Griechen, beide gleich alt, vielleicht noch unter Zwanzig. Sie wirkten wie Bekannte, die sich zufällig auf der Straße begegnen. Die spärliche Kundschaft bediente der Barkeeper nebenher, aber ohne den Eindruck zu erwecken, sie zu vernachlässigen. Ich betrachtete die Bar mit Interesse, ich hätte dort jetzt auch gern gesessen. An der Bar wäre es noch mehr Griechenland gewesen als auf der Bank im Innenhof zwischen den sprudelnden Brunnen und den fremden Sträuchern.

Zu Hause bei uns im Sanssouci, einer Wirtschaft, in der ich seit einiger Zeit verkehrte, stand der Wirt Bernd stets raumgreifend hinter dem mächtigen dunklen Buffet wie ein Kapitän auf seiner Brücke, und wie er den Zapfhahn bediente, wirkte – im Gegensatz zu dem griechischen Buffetier hier – wie eine kriegswichtige Handlung.

Auf der Straße herrschte ein ungewöhnlicher Trubel. Die Autos waren alle viel kleiner als bei uns und hielten kaum Abstand zueinander. Zudem war es außergewöhnlich laut. Überall standen und liefen Menschen und sprachen. Die Geschäfte wirkten ebenfalls kleiner als in meiner

Heimatstadt Friedberg auf der Kaiserstraße. Dort beanspruchten sie meist fast das ganze Erdgeschoß der alten, auf großem Grundriß gebauten Häuser. Selbst der Metzger Blum bei uns im Viertel hatte einen größeren Laden als die meisten hier in dieser Straße in Athen. Ob es sich um eine größere, wichtige oder um eine ganz gewöhnliche Straße handelte, war für mich nicht festzustellen. Ich lief nicht länger als zehn Minuten auf und ab, dann betrat ich wieder das Hotel. Mir wurde in diesem Augenblick bewußt, daß das hier gerade die ersten Momente meines Lebens waren, die ich allein in einem fremdsprachigen Land verbrachte. Ich fand das aber nicht weiter ungewöhnlich. Im Gegenteil, ich gehörte schon ein bißchen dazu. Ich in Athen.

Als ich erneut die Bar im Erdgeschoß passierte, die in einem kleinen Raum untergebracht war, der zum Foyer und zur Rezeption hin offenstand (man konnte durch den Haupteingang in das Hotel treten oder durch die Bar), kam mir plötzlich der Gedanke, mich dort hinzusetzen. Ich hatte ja möglicherweise Durst infolge des heißen Nachmittags. Es war Tag zwei unserer Reise, gestern abend hatte ich kein Geld ausgegeben, in meiner Hosentasche befanden sich ein paar Scheine. Also ging ich an die Rezeption und wechselte dort von D-Mark in Drachmen. Nun hatte ich Drachmen in meiner Hosentasche, wie ein Grieche. Mit diesen Drachmen betrat ich erneut die Bar und setzte mich an die Theke. Der Barkeeper nickte zur Begrüßung. Als er herankam, verständigten wir uns auf englisch. Ich bestellte einen Ouzo (unwahrscheinlich, daß ich je vorher Ouzo getrunken hatte, aber ich wußte, man trank das als Grieche). Der Mann stellte mir mit Bewegungen, die ich ungewöhnlich elegant fand und die ich höchstens mit den Bewegungen gewisser italienischer Kellner vergleichen konnte, ein Glas vor mich, goß Ouzo hinein, dann nahm er eine Karaffe, füllte sie unter einem Wasserhahn, gab Eiswürfel dazu, steckte in die Karaffe einen Löffel und kredenzte das ebenfalls. Es sah aus wie eine Zeremonie: Ich hatte das Wort Ouzo genannt, und plötzlich, in einem bestimmten Ritual, kamen all diese Gegenstände in eingeübter Abfolge auf den Tisch. Ich war beeindruckt, daß ich der Urheber eines solchen Brimboriums sein konnte. Nun aber holte der Barkeeper hinter seinem Tresen auch noch ein Schälchen mit Oliven hervor, stellte es auf eine Papierserviette, die er vor mir postierte, und daneben noch ein Gefäß mit Zahnstochern und ein weiteres

Schälchen, offenbar für die Kerne und die benutzten Stocher. Meine Ein-Wort-Bestellung hatte also folgende Dinge wie von Zauberhand vor mir erscheinen lassen: Glas, Ouzo, Karaffe, Wasser, Eis, Löffel, Serviette, Schälchen, Oliven, Gefäß mit Zahnstochern, zweites Schälchen. Zwölf Dinge auf ein Wort hin. Ich tat natürlich, als sei all das vollkommen selbstverständlich und mir seit langer Zeit geläufig und vertraut.

Der Barkeeper war damit beschäftigt, Gläser mit einem Handtuch abzutrocknen bzw. zu polieren. Ich beobachtete ihn ein wenig dabei. Irgendetwas fiel mir daran auf. Aber was? Ich hatte schon früher Leute Gläser polieren sehen. Ich kam nicht darauf, warum das jetzt meine Aufmerksamkeit auf sich zog.

Der unerwartete Vorteil des Getränks, das ich bestellt hatte, lag darin, daß man es immer mehr strecken und sich auf diese Weise verblüffend lang mit dem Getränk beschäftigen konnte. Was man getrunken hatte, ließ sich ohne allzu großen Substanzverlust durch das Wasser aus der Karaffe wieder ersetzen, so daß das Glas beständig auf gleiche Füllhöhe gebracht werden konnte. Die Oliven aß man nicht auf einmal, sondern begleitete damit in behäbigem Rhythmus seine Schlucke.

Offenbar war das gemütlich oder mit einem gewissen Wohlbefinden verbunden. Ich hatte zu Hause einen türkischen Freund, Bülent, der mir das türkische Sonnenblumenkerne-Essen bzw. das dazugehörige Schalenspucken beigebracht hatte. Dieses Essen und Spucken geschah in einem ebenso begleitenden Duktus. Es war nicht die Haupt-, sondern nur die Nebensache einer Handlung oder einer Situation. Für mich als Deutschen war das zunächst gewöhnungsbedürftig, weil ich mir schon als Kind das angewöhnt hatte, was alle um mich herum taten, nämlich alles sofort aufzuessen. Selbst die Schüsseln mit Salzstangen und Fischlis, die bei uns zu Hause bisweilen aus Gemütlichkeitseffekt auf den Fernsehtisch kamen, wurden sofort geleert. Es wäre uns als anstrengend erschienen, das Knabbergebäck nicht sofort aufzuessen. Das hätte sozusagen eine eigene Form von Aufmerksamkeit vorausgesetzt. Man hätte all seine Sinne darauf lenken müssen, die Salzstangen und Fischlis *nicht* in einem Zug aufzuessen.

Vielleicht hatte dieser langsame, begleitende Takt des Olivenessens also etwas Südländisches an sich? Und das Verschlingen etwas Nordländisches?

Im Grunde polierte der Barkeeper die Gläser ebenso bloß nebenher. War es das, was mir daran auffiel? Daß es sozusagen eine südländische Weise des Gläser-Polierens war?

Der Ouzo schmeckte gut. Das Aroma füllte den Mundraum und dehnte sich von dort gleichsam durch den ganzen Körper aus. Und das Getränk war sehr erfrischend, Schluck für Schluck. Als sich die Eiswürfel in meiner Karaffe aufgelöst hatten, unterbrach der Barkeeper sein beiläufiges Polieren und stellte mir eine neue, frische Karaffe mit Eiswürfeln hin. Ich kann nicht sagen, daß er mich dabei angeschaut hätte. Das Gegenteil kann ich aber auch nicht sagen. Er zollte mir seine Aufmerksamkeit allein durch seine Bewegungen, so daß die Augen weniger eine Rolle spielten. Es war aber auch nicht wie bei deutschen Bedienungen, die meist die Dinge vor einem abstellten, als sei man gar nicht da. In Deutschland war das Hinstellen ein abzuleistender Dienst. Hier war es etwas anderes. Aber was? Fiel mir dasselbe daran auf, das mich auch bei seinem Polieren so eigentümlich beschäftigte?

Während ich nach und nach die Oliven aß und dabei Zahnstocher verbrauchte, begann ich unwillkürlich damit, eine gewisse Ordnung vor mir auf dem Buffet herzustellen. Die Anordnung der Dinge sollte nicht nachlässiger aussehen als in dem

Moment, da sie von dem Barkeeper hingestellt worden waren. Die benutzten Zahnstocher mußten auf eine Weise abgelegt werden, die erkennen ließ, daß ich darauf geachtet hatte, wie sie nun dalagen. Sozusagen dekorativ oder wenigstens aufgeräumt. Ebenso ging es mir mit den Kernen. Ich spuckte sie mit einer schnellen Bewegung in meine hohle Hand, drehte diese unmittelbar danach beiseite und ließ die Kerne mit unauffälliger Geste ins Schälchen gleiten. Es war eine geradezu gesellschaftstaugliche Handlung, die ich aus dem Entsorgen der Kerne herausarbeitete. Was war der Grund dafür? Daß ich nicht auffallen, vielleicht sogar vollwertig dazugehören wollte zu dieser Bar, diesem Athen und seinen Einwohnern?

Nach vielleicht zwanzig oder fünfundzwanzig Minuten hatte ich den Ouzo zu Ende getrunken. Ich bestellte einen zweiten. Der Barkeeper vollführte die gleiche Zeremonie. Er behandelte mich mit größter Selbstverständlichkeit. Der Ouzo hob mein Befinden.

Jetzt unterhielt ich mich mit dem Barkeeper. Er war stolz darauf, Konversation auf englisch zu führen. Das schien für ihn »große weite Welt«. Er beherrschte die Sprache zwar kaum, glaubte aber offensichtlich das Gegenteil.

Die Art, wie er dieses Gespräch mit mir führte, war anders als sein nonchalantes Polieren und überhaupt seine sonstige Beiläufigkeit. Elegant wirkte es gar nicht. Vielmehr war es unbeholfen und eigentlich völlig peinlich. Der Mann konnte mir nur einige Brocken hinwerfen, fand sich dabei aber augenscheinlich ziemlich toll. Vielleicht sprachen seine Freunde noch weniger Englisch, oder gar nicht, was ihn zur Selbstüberschätzung verleitete? Vielleicht war es in Athen üblich, kein Englisch zu beherrschen? Vielleicht war es gar kein Unterrichtsfach?

Das Gespräch wurde gottseidank schnell unterbrochen, da jemand in die Bar kam, offenbar wieder ein Bekannter. Sofort änderte sich der Ausdruck des Barkeepers, und es war wieder diese lässige Selbstverständlichkeit und Beiläufigkeit in allen Gesten da.

Ich beschäftigte mich mit meinem Ouzo und hörte nicht weiter hin. Die beiden rauchten. Anschließend nahm der Barkeeper wieder sein Tuch und polierte die Theke, obgleich sie bereits sauber poliert war.

Plötzlich meinte ich zu begreifen, was mir die ganze Zeit aufgefallen war. Der Barkeeper wirkte in jedem Moment so, als würde er alle seine Handlungen von außen betrachten. Es wurde die jeweilige Tätigkeit weniger ausgeführt als vielmehr aufgeführt, inszeniert. Das Wichtige am beiläufigen (und sinnlosen) Polieren des Buffets war nicht das Polieren, sondern wie er es polierte, nämlich beiläufig. Es sollte nach etwas aussehen. Die nonchalante Beiläufigkeit war Ziel und Zweck der ganzen Sache. »Nebenher elegant geputzt«, dachte ich. Er agierte wie ein Schauspieler, dessen Publikum er zugleich selbst war. Das mußte entschieden ein südländisches Merkmal sein! Ich hatte in meinen Kinderjahren öfter den Satz sagen hören, das Wichtigste für einen italienischen Polizisten, also der Hauptsinn seiner Funktion als Polizist, sei der elegante Sitz seiner Uniform. Aber wieso diese Inszenierung gerade von Beiläufigkeit? Ich konnte es nicht sagen, ahnte aber, daß sie auf geheimnisvolle Weise mit der Tatsache zusammenhing, daß die Dinge des Lebens hier (Tische, Bänke, Türgriffe, Fensterscheiben) allesamt irgendwie dünner und weniger massiv waren. Leicht und schwerelos wie in einer Varieté-Show. Näher an den Bewegungen eines Zauberers dran. Nicht wie Bernds gewichtiges Bierzapfen im Sanssouci.

Und es wirkte ansteckend: Ich aß die Oliven langsam und beiläufig und trank den Ouzo langsam und beiläufig, dabei mit der allergrößten Selbstverständlichkeit (auf die ich mich natürlich ziemlich konzentrieren mußte, da gar nichts für mich selbstverständlich war).

Einen dritten Ouzo trank ich lieber nicht, zudem wollte ich für die nächsten Tage Geld sparen.

Am nächsten Tag im Bus hörte ich mit meinem Walkman Musik und störte damit glücklich alle Umsitzenden. Yvonne trug wieder ihr türkisfarbenes T-Shirt. Sie war gertenschlank und hatte vollkommen gerade Beine. Ich war gern in ihrer Nähe. Aber schon am gestrigen Nachmittag hatte ich ja versäumt, bei ihr zu sein, denn ich hatte mich von der Gruppe abgeseilt und an der Bar gesessen.

Mittags aß die Gruppe in irgendeinem Dorf in einem Lokal, ich unterhielt mich mit Yvonne über die Musik, die ich mit meinem Walkman hörte, dann kamen wir in einem weiteren Hotel an, und am Nachmittag war erneut Besichtigungsprogramm angesagt. Gehst du mit, fragte Yvonne. Ich verneinte. Was ich denn machen würde? Weiß nicht, sagte ich. Keine Lust auf all das.

Am Nachmittag stand unsere Reiseführerin bereit, uns abzuholen. Die Gruppe war knapp zwanzig Leute stark. Darunter befanden sich einige echte Karikaturen, etwa ein wohl Sechzigjähriger mit Franzosenkappe und Seidentuch, der eine ebenso distinguiert wirken wollende Frau an seiner Seite hatte, die er unablässig über irgendetwas belehrte, was Griechenland und seine frühere Geschichte anging. Ich war neben Yvonne der jüngste in der Reisegesellschaft. Während die Gruppe unter sachkundiger Führung zum Besichtigen aufbrach, setzte ich mich in den Garten des Hotels (auch dieses hatte eine kleine, parkähnliche Anlage, offenbar war das landesüblich) auf eine Bank. Anschließend, als die Gruppe aus dem Foyer verschwunden war, ging ich an die Bar, setzte mich auf einen Barhocker und bestellte Ouzo und Oliven. Diesmal gab es auch Cracker dazu.

Die Stunde, die ich dort saß, verging einerseits wie im Flug und andererseits wieder auf höchst angenehme Weise langsam und entspannt. Der Barkeeper, erneut ein vielleicht zwanzigjähriger Grieche, bewegte sich wenig, er hatte nichts zu tun und schaute meist aus dem Fenster auf die Straße hinaus, auf der so gut wie nichts geschah. Der Ouzo durchzog den Körper, wie wenn man eine farbige Flüssigkeit in klares Wasser schüttet, die sich langsam mit dem Wasser vermischt. Ähnlich wie der Ouzo sich selbst in einen Schleier verwandelte, wenn man Eiswürfel hineingab. Ich saß gern allein. Ich hätte auch gern mit Yvonne hier gesessen. Weniger gern aber wäre ich jetzt, Yvonne hin, Yvonne her, bei der Gruppe gewesen, vor irgendeinem Bauwerk oder in irgendeinem Museum, ohne Bar, Ouzo und die griechische Beiläufigkeit in allen Dingen.

Abends Essen im Hotel, die ganze Reisegesellschaft wurde versorgt. Ich ging bei Dunkelheit auf den Marktplatz. Einige aus der Gruppe schlenderten umher, auch der geschichtsbeflissene Mann mitsamt Franzosenkappe und Frau, inmitten von Hunderten Griechen, die dort wie in einer seltsamen Prozession auf und ab liefen.

Am dritten Tag überschlug ich mein Geld und rechnete aus, wieviel mir an jedem Tag zur Verfügung stand. Ich kam auf drei Gläser Ouzo am Tag. Das reichte jeden Nachmittag für eineinhalb Stunden Bar.

Am vierten Tag saß ich im Bus neben Yvonne. Sie trug eine Weile meinen Kopfhörer und hörte *Magnetic Fields*. Ihr Kopf vor dem Fenster und dahinter die vorbeiziehende Landschaft. Die schöne Yvonne war das Gegenteil der Steinstatuen, die wir uns dauernd anschauten. Aus irgendeinem

Grund wurde das Bild, das sie abgab, noch schöner dadurch, daß sie meinen Walkman mit den gelben Schaumstoffballen trug.

Am fünften Tag blieb sie im Hotel und saß mit mir an der Bar. Was trinkst du denn da, fragte sie. Ist das Alkohol? Ja, sagte ich, Ouzo.

Sie: Schmeckt dir das?

Ich: Ich kenne es erst seit dieser Reise.

Sie probierte und fand es abscheulich.

Am Tag danach waren wir in einem Ort am Meer, und weil das Hotel diesmal keine Bar hatte und ich auch in der Stadt keine fand, in die ich mich zum Schnapstrinken hineingetraut hätte, holte ich mir in einem Kaufladen Bier. Yvonne fragte mich, als sie auf der Ufermauer neben mir saß, was denn meine Eltern dazu sagen würden, ich dürfe das doch gar nicht. Nichts, sagte ich. Sie kriegen es gar nicht mit.

Sie: Wie, sie kriegen das nicht mit?

Ich: Sie merken es nicht.

Sie: Ist es ihnen egal?

Ich: Glaube ich nicht. Siehst du, ich habe einen Bruder, der fünf Jahre älter ist. Wenn ich in Kneipen gehe …

Sie: Du gehst in Kneipen?

Ich: … sie haben das längst akzeptiert. Einmal haben sie versucht, mich aus einer herauszuholen. Mein Bruder hat einen solchen Terz gemacht, daß sie es danach nicht mehr probiert haben.

Sie: Wieso hat das dein Bruder gemacht?

Ich: Sie haben ihn früher selbst aus den Kneipen geholt oder zu holen versucht. Das war natürlich peinlich. Mein Vater fährt einen dicken Benz, einen Dienstwagen, und der stand dann vor der Kneipe. Es waren immer linke Kneipen. Auch das Jugendzentrum. Mein Bruder ist bei den Grünen.

Sie: Wieso bist du denn nach Griechenland mitgefahren?

Ich: Ich weiß es auch nicht. Ich habe nicht früh genug laut genug nein gesagt. Jetzt bin ich hier.

Sie: Wo wohnt ihr denn?

Ich: Es heißt Friedberg. Das ist bei Frankfurt. Großes Haus. Riesiges Grundstück. Ziemlich peinlich. Das größte Haus im ganzen Viertel.

Sie: Klingt, als würdest du dich dafür schämen.

Ich: Natürlich. Ich kenne niemanden, der ein so großes Haus hat. Ein Freund von mir, Bülent, wohnt mit seiner Familie zu viert in einer winzigen Wohnung. Wo wohnt ihr denn?

Sie: In einem Vorort von Hannover. Ein Einfamilienhaus, so mit Vorgarten und Hintergarten.

Wir sind da eingezogen, als ich sieben war. Mein Vater ist Arzt in einer Klinik.

Ich: Vermutlich Chefarzt.

Sie: Ja.

Ich: Meiner ist Rechtsanwalt. Er arbeitet für eine Brauerei. Das Grundstück hat uns aber schon vorher gehört. Da war früher eine Firma drauf, ein Steinmetzbetrieb, Grabsteine hauptsächlich. Unser halber Friedhof liegt voll davon. Als Kinder haben wir oft auf dem Firmengelände gespielt, die Gebäude standen damals schon leer. In den Lagerhallen konnte man sich stundenlang verstecken. So Lagerhallen mit Plastikwellblech, wo das Licht durchkam. Manchmal bin ich allein hingegangen.

Sie: Zwischen die Grabsteine?

Ich: Nein. Die waren alle weg. Es lagen Säcke mit Fellen drin rum. Neben uns gibt es eine Schaffellfabrik, die hatten das dort eingelagert. Zwischen den Säcken konnte man meterhoch rumklettern, wie Winnetou in den Felsen.

Sie: Klingt nach Abenteuer.

Ich: Na ja.

Sie: Ich kann mich eigentlich erst an das Haus in Hannover erinnern. Vorher hatten wir in Münster gewohnt. Aber davon weiß ich kaum noch etwas. Meine Großmutter hat damals noch gelebt, aber nach unserem Wegzug sind wir nie mehr nach Münster gefahren. Wir haben auch niemanden mehr besucht.

Ich: Wir? Du sagst ja wir.

Sie: Du hast auch wir gesagt.

Ich: Stimmt. Rutscht mir manchmal so raus. Am besten verstehe ich mich mit meinem Bruder. Wenn ich zu Hause bin, bin ich sowieso meistens weg, bei Freunden.

Sie: Hast du eine Freundin?

Ich: Freundin? Ich denke darüber nicht so nach. Nicht so wie andere, glaube ich. Willst du einen Schluck Bier?

Sie: Ja.

Anschließend schwiegen wir und starrten, aneinandergelehnt, Hand in Hand in den berühmten und vielgepriesenen griechischen Sonnenuntergang, der auch tatsächlich sehr schön war.

Am nächsten Tag hörten wir zusammen den *Watzmann*. Auf ihrem Zimmer gab es ein Radio mit Kassettenfach. Kein Fenster mit Himmel, keine griechische Landschaft, bloß eine Hotelzimmerwand und ihr Kopf davor, aber das Bild war noch schöner als vor zwei, drei Tagen, als sie im Bus meinen Walkman aufgehabt hatte.

Ich beobachtete meine immer seltsamer werdende Mutter. Einerseits war meine Taktik weitgehend aufgegangen, die Eltern zu quälen und ihnen diese Reise nach Möglichkeit zu verderben, andererseits entwickelte sie ab Tag sieben eine stetig größer werdende Furcht vor dem Rückflug. Im Bus saß ich drei Reihen entfernt, und dennoch konnte ich hören, wie sie sich mit dem Franzosenkäppimann über ihre Angst vor der Flugmaschine unterhielt. Ich sagte zu Yvonne: Die einzigen, die diesen Mist hier wollten, waren meine Eltern, genauer gesagt meine Mutter. Sie wollte einmal in ihrem Leben »Griechenland sehen«. Das hat sie jetzt mit Studiosus Reisen gemacht. Und nun hat sie Todesangst beim Fliegen. Gut so.

Yvonne: Das ist gemein, was du sagst.

Ich: Natürlich ist es gemein. Meinst du nicht, jeder, der so eine Scheißreise kauft, hat das verdient?

Sie: Dann hätten es meine Eltern auch verdient.

Ich: Yvonne, das mußt du selbst wissen.

Sie hatte sich über Nacht meinen Walkman ausgeliehen und zweimal den *Watzmann* gehört.

Am Ende der Reise (meine Drachmen waren annähernd aufgezehrt) kehrten wir in dasselbe Hotel in Athen zurück, in dem wir bereits am Anfang der Reise abgestiegen waren. Wieder traf ich das junge Erwachsenenpaar, mit dem ich während der Rundreise keinen Kontakt mehr gehabt hatte. Diesmal redeten sie noch unangenehmer. Ich verstand ihre Situation jetzt klarer: Sie waren in dem Alter, in dem sie zum ersten Mal »wählen gehen« durften. Sie hatten sich »informiert«, hatten »Parteiprogramme« verglichen und waren nun zu einem Wahlentschluß gekommen, den sie gern vor aller Welt erklärten. Sie fühlten sich klug, modern und engagiert. Ihre Partei war die CDU, denn sie war nicht sozialistisch. Auf meinen Einwand, die SPD sei auch nicht sozialistisch, sagten sie, vom Sozialismus komme die Partei aber her. Letzten Endes war ihr »Wahlentschluß« nicht besonders innovativ, denn wie sich herausstellte, stammten beide, wie ich, aus einer reinen CDU-Familie. Sie fingen auch wieder, wie unter einem besonderen Zwang, von der DDR an und daß diese die Vergangenheit nicht aufgearbeitet habe, daß in der Bundesrepublik Deutschland aber die Vergangenheit aufgearbeitet worden sei. In der DDR sei das alles staatlich von oben diktiert. Bei uns nicht.

Übrigens neigten sie im Verlauf des Gesprächs immer mehr dazu, das Wort »Bundesrepublik« in »Bundesrepublik Deutschland« wegzulassen und von den beiden Staaten nur noch als von »Deutschland« und der »DDR« zu sprechen.

Als ich sie darauf aufmerksam machte, kamen sie zu dem erstaunlichen Schluß, daß Deutschland ja auch die Bundesrepublik sei und nicht die DDR. Ich fragte, was die DDR sei. Die DDR, sagten sie, sei kein Staat.

Ich erzählte, wie dieser Nichtstaat mal wegen eines Asterixheftes das Auto meines Vaters auseinandergenommen hatte. Ebendas sei ja der Beweis, sagten sie. Wenn die DDR ein Staat ist, dann ein Unrechtsstaat. Und zwar einer auf deutschem Boden. Aber eben nicht Deutschland.

Das Gespräch endete etwas mißgestimmt. Er hatte mit der Zeit schärfere Züge im Gesicht bekommen, wurde beim Sprechen schneller und lauter, und wenn seine Freundin (oder waren sie schon verheiratet?) etwas einwerfen wollte, unterbrach er sie und griff währenddessen immer nach ihrer Hand. Am Ende konnte ich nur noch seinen Hemdkragen betrachten und mir überlegen: Warum trägt er eigentlich ein langärmeliges Hemd und krempelt nicht einmal die Ärmel hoch? Wir sitzen hier doch im knallheißen Athen. Wieso führen die, die ihre Manschetten geschlossen halten, wieso gerade die, andauernd die Worte »Freiheit« und »Demokratie« im Mund?

Auf dem Rückflug saß ich wieder ein paar Reihen von meinen Eltern entfernt. Yvonne blieb noch einige Tage mit ihren Eltern in Athen.

Ich genoß den Rückflug. Die Stewardess kam herbei, kaum waren wir in der Luft. An Bord gab es ein Mittagessen. Zuerst trank ich eine kleine Flasche Weißwein, dann eine kleine Flasche Rotwein, betrachtete den blauen Himmel, hörte *Magnetic Fields* und landete schließlich in Frankfurt am Main.

Als am späteren Nachmittag meine Großmutter mit meinem Onkel J., der seinen üblichen Silage-Geruch verbreitete, zu Besuch kam, verließ ich das Haus und ging auf den Friedhof, um dort wie immer ein paar Grabsteine auswendig zu lernen. Daß es dort keine jüdischen Grabsteine gab, fiel mir zu dieser Zeit nicht einmal auf.

BIARRITZ

»Mücke« und ich standen an der Raststätte Gräfenhausen West. Beide mit Rucksack. Mücke hieß eigentlich Stefan Mockenberg, war Realschüler und bereits mit der Schule fertig. Alter: siebzehn oder achtzehn. Ich hatte Sommerferien.

Mücke und ich verstanden uns einigermaßen, obgleich wir uns wenig kannten und unterschiedliche Typen waren. Wir hatten ein paar Jahre vorher immer mal wieder was zusammen gemacht. Er hatte mir z. B. im siebten Schuljahr meinen ersten Gitarren-Akkord beigebracht (er konnte nur einen einzigen).

In letzter Zeit hatten wir uns nur mehr selten gesehen, aber dennoch den Plan für diese gemeinsame Reise gefaßt. Es war eine Schnapsidee, eigentlich konnte es mit uns beiden nicht gutgehen.

Wir kamen nur schleppend langsam bis zur französischen Grenze. Die letzten fünfzig Kilometer fuhren wir in einem VW-Bus mit, in dem eine Dreiergruppe saß, die so aussah wie die Leute, unter denen ich in Friedberg verkehrte. Zweihundert Meter vor der Grenze fuhren sie an den Straßenrand und sagten, wir sollten jetzt lieber aussteigen, sie hätten einiges an Hasch dabei, und wenn sie erwischt würden, wollten sie uns nicht mit hineinziehen. Ich sagte, mir sei das eigentlich ziemlich egal, mitgehangen, mitgefangen. Mücke war ebenfalls indifferent, ihm machte eher unsere Verspätung Sorge. Die Busleute beharrten aber darauf. Also stiegen wir aus und liefen zu Fuß Richtung Grenze. Anstandslos kamen wir nach Frankreich, von dem Bus, der uns mitgenommen hatte, war nichts mehr zu sehen.

Hinter der Grenze lag eine Raststätte. Wir tranken etwas und berieten uns, denn es begann bereits dunkel zu werden. Eine gewisse Strecke würden wir schon noch schaffen und uns dann wohl in einen Wald schlagen oder auf irgendeine abgelegene Wiese, wir hatten ja jeder einen Schlafsack dabei.

Wenn man trampt und schon längere Zeit erfolglos an der Straße steht, zögert man das Aufgeben oft noch etwas hinaus. Man nimmt sich z. B. vor, noch die nächsten zehn Autos abzuwarten. Dann aber wartet man nochmal die nächsten zehn Autos ab. So kann es über Stunden gehen. Uns nahm überhaupt niemand mit, und inzwischen war es nicht mehr weit vor Mitternacht. Immer noch hingen wir direkt hinter der Grenze fest. Stundenlang in der Raststätte sitzen konnten wir nicht. Vor allem rauchten wir.

Es war kalt geworden, also stellten wir uns zu zweit in eine Telefonzelle und rauchten dort weiter. Allerdings konnte man binnen kurzem in der Zelle keine Luft mehr bekommen. Ich ging wieder hinaus und setzte mich auf eine Leitplanke. Mücke lüftete die Zelle kurz durch, dann sah ich, wie dieser Verrückte irgendwelche Papierfetzen nahm und sie auf dem Boden der Telefonzelle anzündete. Nach einer Minute kam er lachend, aber kreidebleich heraus und sagte, er wollte sich am Feuer ein bißchen wärmen, aber das funktioniere nicht. So standen wir herum, lehnten uns irgendwo an, liefen ein Weilchen umher, rauchten, tranken Dosenbier und irgendwann einen Kaffee, denn wir hatten sozusagen das Nürnberger Kreuz erreicht: Es dämmerte, der erste Lichtstreif erschien, und wir waren starr vor Kälte.

Der zweite Tag verlief völlig anders als der erste. Es brauchte drei oder vier Wagen, und wir waren schon gegen sechzehn Uhr mitten in Biarritz.

Ich hatte mir über das Reiseziel Biarritz keine Gedanken gemacht. Wie waren wir überhaupt darauf gekommen? Hatte der Vorschlag von Mücke oder von mir gestammt? Hatten wir von irgendwelchen Bekannten gehört, daß es da immer warm sei, daß man problemlos draußen am Stand schlafen könne oder daß Badengehen dort super sei?

In Strandnähe gab es zahllose Café- oder Bistrotische, an einem ließen wir uns nieder, um etwas Kühles zu trinken. Die Sonne gleißte, der Himmel war gläserner als bei uns zu Hause, die Szenerie um uns herum tumultuarisch: zahllose Menschen aller Art. In wenigen hundert Meter Entfernung kauften wir Brot, Käse, Rotwein und Tomaten, das war unser Proviant für den Abend, den wir gleich zur Hälfte auf einer Bank zu uns nahmen. Dann gingen wir an den Strand zurück, dort fand sich direkt am Meer rechts neben dem Badestrand eine Art alter, steinerner Wandelgang, irgendwie romantisch, mysteriös ... Am Strand lernten wir einen Deutschen kennen, weiße hochgekrempelte Hosen, nackter Oberkörper, lange blonde Lokken, halblanger Bart, Typus Surfer, der schon seit zwei Monaten unterwegs war, am Strand lebte und lediglich eine kleine Tasche mit einem leichten Schlafsack dabeihatte. Die Kleidung wusch sich jeden Tag im Meer und war blitzschnell trokken. Je bleicher seine Kleidung wurde, desto brauner wurde er. Er war ein paar Jahre älter als wir. Der Mann gab uns den Tip, falls es regnen sollte, uns in jenen Wandelgang zu begeben. Dort läge dann immer eine Handvoll Leute. Wie wir rauchte auch er Tabak und drehte selbst. Im Lauf der nächsten zwei Tage sahen wir ihn öfter.

Nun war es aber erst 17.30 Uhr, und die Sonne gleißte immer noch. Der Strand war so voll, wie ich es noch nie gesehen hatte. Mücke und ich suchten uns einen Platz. Als wir nun auf Handtüchern dort herumlagen (die Rucksäcke hatten wir für ein paar Francs in einer Bar hinterlegt, die uns der Deutsche mit den hochgekrempelten Hosen empfohlen hatte), waren wir also sozusagen an unserem Ziel angekommen. Dort hatten wir hingewollt: Biarritz, Atlantik, Sonne, Strand.

Es war nun an uns, entweder zu dösen oder eine Unterhaltung zu führen. Schließlich hatten wir uns ja gemeinsam auf den Weg gemacht, daher waren wir nun auch aufgefordert, etwas miteinander anzufangen. Mücke lag auf dem Bauch, hatte die Arme verschränkt, den Kopf auf sie gelegt und zwinkerte, obgleich er eine Sonnenbrille trug, eine Art Pilotenbrille. Er war mager und weiß. Im Gesicht trug er einen (irgendwie ebenfalls mager wirkenden) Oberlippenbart. Der Bart schien nicht richtig wachsen zu wollen, aber er sollte eine gewisse Männlichkeit markieren, die im Grunde lächerlich an ihm wirkte. Mücke war unkompliziert, aber auch nicht gerade entspannt. Das meiste an unseren früheren Aktionen war vermutlich deshalb möglich gewesen, weil ein gewisser Altersunterschied zwischen uns bestand.

Er hatte überdies nie Freundinnen, das war mir früher schon aufgefallen. Mücke sah aus wie jemand, der normalerweise in einem Büro herumsitzt, aber in seiner Freizeit auf Moped-Rocker macht. Eine unausgegorene Pseudo-Erwachsenheit, die sich selbst völlig falsch einschätzt. Und obgleich er nie Freundinnen hatte, sprach er dennoch auffällig oft von Mädchen. Möglicherweise hatte er es einfach nicht in der Hand, eines zu bekommen.

Jetzt lag er auf seinem Tuch und machte mich nach einer Weile darauf aufmerksam, daß die meisten Mädchen am Strand keine Bikini-Oberteile trugen, sondern ihre Brüste zeigten. Ich merkte, daß er die ganzen vergangenen Minuten, während ich über ihn nachgedacht hatte, das Umfeld gemustert hatte. Sein Blick war bei einer Dreiergruppe Mädchen hängengeblieben, die etwa zehn Meter von uns entfernt lagerten, alle ohne Bikini-Oberteil.

Merkst du was, fragte Mücke.

Ich: Was?

Er: Na, schau sie dir doch mal genauer an!

Ich: Was meinst du?

Er: Die unterscheiden sich doch von denen bei uns im Schwimmbad.

Ich: Es sind vielleicht Französinnen.

Er: Klar sind das Französinnen. Obwohl hier wahrscheinlich Mädels von überall sind. Aber nein, schau doch mal dorthin, wo ihre Brüste sind.

Ich: Ja, ich schaue.

Er: Da gibt es keine Bikinistreifen, nichts. Keine Trägerspuren, und die Busen sind genauso braun wie der Rest. Das heißt, die laufen hier immer so rum.

Ich: Meinst du?

Er: Klar, Mann!

Er verlor in seiner Rede den Faden, weil er weiter umherspähte. Ich versuchte zu dösen.

Nach einigen Minuten stieß mir Mücke in die Seite.

Ich: Was ist?

Da, sagte er, eine steht auf. Da, schau. Mann,

ist die süß! Was ein Po! Paß auf, sie kommt geradewegs an uns vorbei.

Sie lief in unsere Richtung. Blutorangefarbenes Bikinihöschen, bronzene Haut, dezent entwickelte Brüste, gerade gewachsen, schulterlange Haare etc.

Genießen, flüsterte Mücke, genießen!

Das Mädchen war in der Tat sehr schön, aber ich wußte in diesem Moment nichts damit anzufangen. Das Mädchen, mit dem ich zu Hause zusammen war, war ebenso gerade gewachsen, ebenso gertenschlank, hatte hellere Brüste, blondes Haar, kürzer geschnitten, aber sie war in jeder Hinsicht genauso schön wie das Mädchen, das jetzt drei Meter entfernt an uns vorbeilief, wobei Mücke das wenige, das sie anhatte, mit seinen Blicken auch noch auszog.

Als sie vorbei war, warf sich Mücke auf den Rücken, verschränkte die Arme über seinem Kopf und machte Geräusche völliger Erschöpfung und Verzweiflung, die natürlich aufgesetzt und gespielt waren, denn er konzentrierte sich in Wahrheit schon jetzt auf die Rückkehr des Mädchens im blutorangefarbenen Bikinihöschen.

Mücke hatte sein Thema für diese Strandsitzung gefunden. Er breitete eine Typologie verschiedener Brusttypen aus und suchte den Strand nach jeweiligen Beispielen ab. Er wies auch auf ältere Frauen hin und lachte sich, wenn sie etwas dicker waren, halb tot.

Als das Mädchen mit dem Bikinihöschen zurückkam, meinte Mücke: Oje, oje, ich muß mich auf den Bauch drehen.

Ein Höhepunkt trat ein, als sich die drei Französinnen, wenn es denn welche waren, mit langsamen Bewegungen erhoben (ich spürte erneut einen Stoß in meinen Rippen), sich, angekommen in der Aufrechten, rekelten, ihre Arme über die Köpfe bogen, gähnten, die Glieder lockerten und sich überhaupt erst langsam wieder mit sich und dem Tag zurechtfanden. Mücke war sprachlos, er biß sich auf die Lippe, und mir war klar, daß er jetzt lieber allein gewesen wäre, d.h. ohne mich. Nicht, um zu den drei Schaumgeborenen hinüberzugehen (das hätte er mit Sicherheit nicht gewagt). Sondern um besser und ungesehener auf dem Bauch liegen zu können.

Eine halbe Stunde später saßen wir auf einer Mauer oberhalb der Grande Plage und aßen den Rest unseres Abendproviants. Den Wein tranken wir gemeinsam aus der Flasche. Die eine Flasche war natürlich zu wenig, also besorgten wir eine weitere und rauchten ein paar Zigaretten dazu. Auch auf der Mauer waren wir mit einigen Leuten ins Gespräch gekommen, es handelte sich um Skandinavier, vor allem um Schweden. Sie waren, anders als der Deutsche mit dem nackten Oberkörper, zwar erst vorgestern hier angekommen, mit dem Zug und nicht per Autostop, aber sie gaben uns dennoch Tips, weil sie merkten: Wir kannten hier gar nichts.

Für mich war es überhaupt kein Problem, nichts zu kennen. Es war ja auch nicht so, daß ich *gar* nichts kannte. Ich hatte den Lebensmittelladen kennengelernt, in dem wir den Käse, das Brot und den Wein gekauft hatten, ich hatte eine Bar kennengelernt, die Promenade (von der ich nicht wußte, wie berühmt sie war), den romantischen Wandelgang, in dem man bei Regen schlief, den sportlich-braunen Deutschen, ich war für die Nacht orientiert, hatte eine Weile am Strand gelegen, circa fünfhundert Mädchen ohne Bikinioberteil gesehen, war nicht in Friedberg, würde nicht im Mühlweg schlafen, sondern war, sechzehn Jahre alt, 1500 Kilometer von meinem Herkunftsort entfernt, so weit wie allein nie zuvor. Ich hatte vor Biarritz mit Mücke einen Bus genommen, um in die Stadt hineinzugelangen, ich hatte mich mehrfach zwischen dem Strand und der alten Innenstadt hin- und herbewegt und bereits gewisse Wege gelernt, ich sprach mit den Skandinaviern Englisch. Kurz, ich war in Biarritz und vermißte nichts. Nicht, daß ich mir die Ferienreise so vorgestellt hätte; nicht, daß ich sie mir *nicht* so vorgestellt hätte ... ich hatte mir einfach gar nichts vorgestellt und war losgetrampt, wie ich es auch sonst schon getan hatte.

Ich saß in der sich etwas abkühlenden, aber immer noch sehr warmen Stadt, dachte an nichts, hatte keinen Plan (die nächsten Stunden würden sowieso unvorhersehbare Dinge ergeben) und unterhielt mich mit Mücke, dem es anders ging als mir. Er wollte etwas, er war auf der Suche nach irgendeiner Sache, einem Erlebnis, einer Bekanntschaft, einer Abendunterhaltung, vielleicht nach irgendwelchen Mädchen ... es war deutlich zu spüren. Ich war sicher, daß die drei Strandmädchen noch mal irgendwo erscheinen würden (und zwar diesmal mit T-Shirt).

Mücke kaute an seinen Fingernägeln. Einer der Skandinavier hatte von einer Diskothek erzählt, in der alten Innenstadt, kaum zweihundert Meter vom Strand entfernt. Sie, die Skandinavier, würden da hingehen und sich gegen 21.30 Uhr vor der Diskothek treffen. Ob sie reingehen, wüßten sie nicht. Es stünden immer viele Leute davor. Man könne auch gut einfach draußen stehen. Sie hätten immer was zu trinken dabei.

Mücke wollte da hin. Also ging ich mit. Vor der Diskothek, die sich in einem Gebäude befand, das sich nicht von den anderen Gebäuden des alten Stadtkerns unterschied, begrüßten uns die Skandinavier, als kennten wir uns schon jahrelang.

Offenbar hatten die »Skandis«, wie sie Mücke nannte, in den letzten beiden Tagen schon eine ganze Menge Menschen kennengelernt. Vor dem Club hätte ein zufällig Dazugekommener denken können, hier seien Leute versammelt, die schon lange miteinander bekannt sind und sich bestens verstehen. Tatsächlich waren sich nicht wenige davon erst in den letzten fünf oder zehn Minuten zum ersten Mal begegnet. Kaum hatten wir uns zu der Gruppe gestellt, erging es uns ebenso: Wir schienen sogleich bestens mit allen vertraut. Die einzige Gemeinsamkeit bestand allerdings darin, daß die Leute sich allesamt gegenseitig erzählten, woher sie stammten, wie sie hierhergekommen waren, was es in der Stadt zu erleben gebe, wo man gut hingehen könne, was angesagt sei und was man von dem gestrigen Bombenanschlag in der Nachbarstadt mitbekommen habe.

Wenn diese Themen abgearbeitet waren, gingen die Leute dazu über, ausgewählte Episoden aus ihrem Leben zu erzählen, von anderen Reisen oder besonderen Erlebnissen. Vor allen Dingen zwischen den Jungs und Mädchen gab es einen regen Austausch über solche besonderen Erlebnisse.

Ich unterhielt mich länger mit zwei Schweden. Wir saßen auf einem Mäuerchen. Inzwischen hatten einige Mädchen die »Skandis« angesprochen, die sie offenbar schon vom gestrigen Abend und von demselben Ort her kannten. Mücke bewegte sich ziemlich linkisch unter den Leuten, seine Gespräche kamen nicht so recht in Gang, und er hielt sich fast ausschließlich an Deutsche. Er rauchte auf seltsame Weise und verbog seinen Körper, woraus ich schloß, daß er sich nicht besonders wohl fühlte. Immer wieder schaute er zu einigen bildschönen Mädchen, die bei uns, also der hauptsächlich skandinavisch geprägten Gruppe, herumstanden. Hin und wieder kam er herüber, blieb aber fast völlig stumm. Erst nach einer Weile begriff ich sein Problem. Sein Englisch war einfach viel zu schlecht. Andererseits wollte er Leute kennenlernen, und deshalb hielt er sich hauptsächlich an die Deutschen.

Die Gruppe um Mücke stellte sich jetzt in die Einlaßschlange. Mücke sagte mir, er gehe hinein.

Okay, sagte ich.

Kommst du nicht mit, fragte er.

Weiß nicht. Ich unterhalte mich hier eigentlich ganz gut. Weißt du, was es kostet, da reinzukommen?

Die haben gesagt, man zahlt soundso viel Francs pro Person.

Vor der Disko konnte man relativ preiswert Bier und Gin-Tonics trinken, drinnen würde das erheblich teurer. Ich lehnte ab. Es war mir sowieso lieber, draußen zu bleiben. Ich hatte keine Lust auf einen überfüllten Raum mit völlig verschwitzten Leuten.

Mücke zog ein etwas seltsames Gesicht. Ich wußte, wieviel Geld er dabeihatte (wenn er mich nicht angelogen hatte), und sagte: Wenn du am ersten Abend so anfängst, wird das hier nicht lange dauern. Ich streckte ihm die Hand entgegen, er schlug ein. Wir sehen uns nachher hier draußen vor dem Club oder am Strand, sagte ich.

Als er abdrehte, sah ich noch, wie er ein weißes Zigarettenpäckchen aus seiner Hose zog und sich eine Filterzigarette anzündete. Irgendeine französische Marke. Wo er das Päckchen gekauft hatte, keine Ahnung. Vielleicht dachte er, selbstgedrehte Zigaretten seien hier in Biarritz am Abend vor der Disko einfach nicht mondän genug.

Ich holte mir einen Gin-Tonic im Plastikbecher und setzte mich wieder zu den Schweden auf das Mäuerchen. Nach einer Viertelstunde bogen die drei Schaumgeborenen vom Strand um die Ecke, diesmal im T-Shirt. Sie hatten sich untergehakt und kamen direkt auf unsere Gruppe zu. Meine Schweden, bei denen ich saß, kannten sie sogar mit Namen. Ich schaute das Mädchen an, das vorhin das blutorangefarbene Bikiniunterteil getragen hatte. Braune Augen, sie lächelte, als wollte sie mit uns, dem Ort, überhaupt der Welt einen Pakt schließen. Es waren Schweizerinnen. Man hörte es beim ersten Wort.

Ich bemitleidete Mücke. Das hätte er gern erlebt. Er aber war gerade im Gebäude und tanzte. Weil Tanzen im Club dazugehörte. Ich konnte ihn mir beim Tanzen nicht vorstellen, ohne daß ich zugleich wieder ungeschickte, unpassende Bewegungen vor mir sah. Bewegungen, die er machte, um gewisse Formen zu erfüllen, die aber doch nicht die seinen waren. Und ich saß mit den Schweizerinnen auf der Mauer und rauchte.

Am Morgen wachten Mücke und ich im Wandelgang auf.

Er war um zwei aus dem Club gekommen, zu der Zeit hatte ich noch immer draußen gesessen, und die »Skandis« waren gerade am Gehen. Jede der Schweizerinnen hatte eine Begleitung gefunden, sie waren allerdings bereits verschwunden. Ich erzählte Mücke nichts von ihrem Erscheinen.

Mücke war erhitzt, als er aus dem Tanzclub kam, wirkte aber nicht unglücklich. Er sah aus, als hätte er seine Haare gegelt. Ich schob den Eindruck auf die vermutlich riesige Hitze in dieser Diskothek, er mußte ja völlig durchgeschwitzt sein. Aber auf dem Weg zum Strand wurde mir durch den parfümierten, etwas stechenden Geruch klar: Er hatte Gel in den Haaren. In seiner hinteren Hosentasche steckte sogar ein Kamm. Den hatte ich vorher noch nie gesehen.

Wir hatten noch eine halbe Flasche Wein, die wir mit unserem Liegenachbarn, einem Marokkaner, tranken, dann legten wir uns auf unsere Schlafsäcke, sagten den anderen, die um uns herum lagen, eine gute Nacht und schliefen ein. Nach einer Weile begann es zu nieseln, also zog der ganze Strand-Trupp in den Wandelgang und wünschte sich dort nochmal eine gute Nacht.

Ich brauchte am Morgen eine Weile, um Mücke richtig wach zu kriegen, dann klaubten wir, fast als die letzten, unser Zeug zusammen, verließen die zum Meer offene steinerne Galerie und sahen, wie die Sprinkleranlagen angingen und den Boden mit einem weißen Desinfektionsschaum überzogen.

Der Tag verlief dem gestrigen ähnlich, wir kauften wieder Baguette, Käse und Wein, langweilten uns tagsüber etwas in der Stadt, bekamen das Angebot, in die Nachbarstadt mitzufahren, aber Mücke wollte nicht, und aus Solidarität lehnte ich den Vorschlag ebenfalls ab (an dem Tag explodierte dort erneut eine Bombe).

Am Nachmittag lagen wir wieder am Strand, für Mücke ging es wieder um Brüste und Pos, und am Abend wollte Mücke erneut in dieselbe Diskothek wie am Vorabend. Ich setzte mich also auf die Mauer, trank Gin-Tonics und unterhielt mich wieder mit irgendwelchen Leuten.

Am dritten Tag begann unser Verhältnis an das eines alten Ehepaares zu erinnern. Wir sprachen nur noch wenig. Falls wir weiter in Biarritz blieben, würde er abends wiederum in die Disko wollen. Wir waren, kurz gesagt, am Ende unserer Beziehung, und ohne daß wir groß darüber sprachen, gaben wir an diesem Morgen die Station Biarritz auf und verließen die Stadt.

Unser nächstes Ziel wäre ursprünglich das Mittelmeer gewesen, Perpignan. Mücke hatte einen kleinen Taschenbuch-Führer der Umgebung, wir orientierten uns mit ihm, wo wir uns am besten zum Trampen aufstellen könnten, liefen mit unseren Rucksäcken los und nahmen für die letzte Teilstrecke wieder einen Bus, der uns an einer größeren Land- oder Bundesstraße hinausließ, auf der allerdings so gut wie kein Verkehr herrschte. Es standen überdies bereits zwei andere Tramper dort und warteten mit ausgestrecktem Daumen.

In Perpignan würde dasselbe geschehen wie in Biarritz. Strand, Mädchen schauen, schlechtes Englisch, Frustration und Diskothek. Das war offenbar Mückes Welt. Vermutlich dachten wir beide das gleiche: besser es hier und jetzt beenden.

Längere Zeit kam gar kein Auto. Die Straße war leer und staubig. Wenn überhaupt mal eines vorbeifuhr, blies es uns lediglich den Schmutz ins Gesicht. Und die beiden anderen, die schon an der Straße standen, hatten ohnehin Vorrang.

Der eine der beiden war unverkennbar ein US-Amerikaner. Holzfällerhemd, Holzfällerbart (blond), Jeans, Cowboystiefel und Cowboyhut.

Auch er war, wie fast alle, die uns in Biarritz begegnet waren, um die Zwanzig. Der andere schien eher so alt wie Mücke, hatte bleiche Haut und dünne dunkle Haare. Er trug ein weißes Hemd, eine dunkelblaue Jeans und war Engländer. Er summte vor sich hin.

Wie lange steht ihr denn hier, fragten wir.

Stunden, sagte der Amerikaner.

Der Jüngere machte eine melodisch klingende Anmerkung, die ich im Gegensatz zum Amerikaner nicht verstand.

Hier kannst du es vergessen, sagte er dann.

Der Amerikaner grinste, zog ein abgenutztes Buch aus seiner Tasche und reichte es uns. Es hieß *Hitch-hiker's Guide to Europe.* Zu dem Eintrag »Biarritz« fand sich die Anmerkung: *Wenn du in Biarritz bist und versuchst, von dort wegzukommen: Vergiß es!*

Scheiße, rief Mücke. Und auch noch Sonntag!

Damn right, entgegnete der Cowboystiefel-Amerikaner.

Mücke und ich setzten uns an den Rand eines kleinen Wäldchens in den Schatten; die beiden anderen, die sich vor Stunden auch nur zufällig hier getroffen, aber inzwischen verabredet hatten, bei Möglichkeit den nächsten Lift gen Osten gemeinsam zu nehmen, vereinbarten Wechselschichten: Es stand immer nur einer von den beiden am Straßenrand unter der inzwischen bullenheißen Sonne, der andere saß mit uns im Schatten.

Wir sprachen nicht viel. Wenn, dann erzählten wir wie üblich von Reiseerlebnissen und welche Ziele der jeweilige im Sinn hatte. Die beiden anderen nannten Mücke Mickey.

Es passierte gar nichts.

Wir verbrachten den ganzen Mittag und den ganzen Nachmittag an derselben Stelle. Dann stand Mücke auf und sagte, er probiere jetzt, nach Bordeaux zu kommen. (Auf der anderen Seite fuhren ein paar Autos mehr.) Hm, Bordeaux, sagte ich. Ich glaube, lieber nicht. Er: Aber vielleicht kommt man dann wenigstens hier weg.

Mücke erhob sich, nahm seinen Rucksack und stellte sich auf die andere Straßenseite.

Bald hörte Mücke auf, zu uns herüberzuschauen, und nach mehr als einer Stunde hielt tatsächlich ein Wagen auf seiner Seite, um ihn Richtung Norden mitzunehmen. Mücke stieg wortlos ein und winkte nur kurz herüber.

This was Mickey, sagte der Amerikaner.

Und ich blieb allein zurück und war zum ersten Mal in meinem Leben völlig frei.

OULX

Ich betrat die Pizzeria. Es gab mehrere in dem kleinen Ort. In dieser bediente eine junge Italienerin, blonde Haare und sehr schön. Nein, mehr: Ihre Erscheinung quälte mich. Sie bereitete mir Schmerzen. Das betraf sowohl ihr Gesicht als auch ihre langen Haare, vor allem aber ihren Körper. Es war nicht so, daß er explizite Fantasien auslöste, dafür war ich zu stolz, gerade in meinem ruinierten Zustand. Ich bewahrte eine Restfassung. Dennoch konnte der Anblick des Mädchens (im Jahr 1990 sagte man noch Mädchen) dazu führen, daß ich, in die Wohnung zurückgekehrt, hin und wieder meinen Kopf gegen die Holzwand schlug, um den Moment zu überstehen.

Der Gang zur Pizzeria war jeden Tag derselbe. Ihren Namen (den der Pizzeria) wußte ich nicht, ich hatte ihn nicht zur Kenntnis genommen, sie lag vielleicht dreihundert Meter von der Wohnung entfernt. Man lief ein kleines Stück bergab in den Kern des Dorfes und war schon da. Auf der Straße begegnete man nicht vielen Menschen. Ein paar

Tage hielt sich ein Nordafrikaner in dem Örtchen auf, um dort seine Tinnef-Waren zu verkaufen, Ringe, Ketten, Armreifen, aber letztlich war das ein zweckloses Unterfangen, es gab einfach keine Kundschaft. Er wechselte seine Geschäftsidee und begann zu betteln. Dann saß er in einer der wenigen Wirtschaften und trank Bier. Einen Abend lang hatte ich ihn auf dem Hals, er lief mir von Gaststätte zu Gaststätte nach und war kaum abzuschütteln. Nach kurzer Zeit war er wieder weg, wie vom Erdboden verschluckt.

Das Mädchen in der Pizzeria war nicht das einzige schöne Mädchen in dem Ort. Eine zweite in derselben Pizzeria war fast ebenso schön. Eigentlich wirkten viele Mädchen im Ort gleich: jung, sportlich, wahrscheinlich alle Skifahrerinnen, und ihre Freunde ebenfalls jung, hübsch und leistungsfähig. Vor allem normal. Sie lebten ein ganz normales Leben zwischen Aufstehen, Arbeit, Bar oder Club und Bett. Und sie rauchten.

In den ersten Tagen war ich immer nur zu einem Alimentari gegangen. Dort kaufte ich mit dem Zeigefinger ein, ich konnte nur wenige Brokken Italienisch, sicherlich nicht mehr, als vor einer Ewigkeit von Jahren jener griechische Buffetier in Athen Englisch sprach, bei dem ich das

Ouzo-Trinken gelernt hatte. So kam ich auf Weißbrot, Butter, gekochten Schinken und Chianti-Ballonflaschen, mit Bast umflochten. Das war die anfängliche Ernährung.

In diesen ersten Tagen konnte ich kaum atmen. Ich lief um die Mittagszeit eine Stunde draußen herum, dann gegen Abend noch einmal, ansonsten saß ich in der Wohnung, verzehrte das Weißbrot und den Wein, es war alles andere als festlich (ich ließ die Teller und Gläser tagelang stehen), rauchte und meditierte. Nachdenken konnte man es nicht nennen, dafür war es in meinem Kopf zu diffus. Im Grunde mußte ich die Methode nicht wählen, es ging nur mit einem Messer, es stand nichts anderes zur Verfügung. Ich mußte mich mit einem Messer töten. Wenn ich über die dazu erforderliche Technik nachdenken wollte, wurde mein Kopf seltsam müde, es war ihm (dem Kopf) sozusagen egal. Er wußte, daß es vor allem auf den Entschluß und den Mut ankommen würde.

Das quälendste Problem war, daß ich Zeit hatte. Wochenlang hatte ich Zeit. Im Grunde hatte ich Zeit, soviel ich wollte, um mich umzubringen. So verstrich nach meiner Ankunft der erste Tag, der zweite, der dritte, Alimentari, Zigaretten, Anstarren der Wohnung, Brot, Wein. Und Musterung sämtlicher vorhandener Messer. Es mußte wohl ein Küchenmesser sein.

Die Wohnung bestand aus einem Wohnraum mit kleiner Küchenzeile, einem schmalen Flur und den sich anschließenden zwei Schlafzimmern. Sie war angelegt wie unsere Ferienwohnung in Brixen, hatte aber ein Zimmer weniger. Im Grunde waren alle diese Ferienwohnungen gleich gebaut. Hier allerdings zeigten die Wände Rauhputz, alles war viel rustikaler und spartanischer. Auf dem Tisch, an dem ich in diesen Wochen eine gefühlte Ewigkeit saß, lag eine weißrot karierte Tischdekke, die Holzstühle waren dunkel, es hatte etwas von einer Almhütte, obgleich auch in diesem Haus mehrere Parteien wohnten. Es gab sogar einen kleinen Balkon, aber den betrat ich selten.

Auf dem Tisch lag ein Schuhkarton mit Papieren darin. Vor meiner Abfahrt hatte ich fast alles verbrannt, was ich bislang geschrieben hatte. Im Karton lag der kümmerliche Überrest, das, von dem ich mich noch nicht hatte trennen können, als sei darin noch eine letzte Chance auf Ausbaufähigkeit enthalten, ein irgendwie möglicher Ansatz für weiteres Schreiben und Leben. Tatsächlich war alles, was ich bis dahin ausprobiert hatte, ein völliges Nichts gewesen. Die Reste dieses Nichts lagen im Schuhkarton und starrten mich an, und manchmal nahm ich sie heraus und las sie durch, was jedesmal immer wieder dieselben Konflikte in mir auslöste: Ist es doch was? Ist daran irgendetwas? Kann es so weitergehen? Oder ist es eine Sackgasse? Und alles nur Einbildung? Bisweilen veränderte ich auf einer Seite etwas, strich ein Wort durch, setzte ein anderes daneben und lachte mich dann darüber tot: Hier in diesem Oulx zu sitzen, abgehauen von zu Hause und aus der Existenz, und immer noch an irgendetwas zu glauben und ein Papier zu nehmen und ein Wort durchzustreichen und ein anderes hinzuschreiben.

Sinnvoller war es, sich in einer diffusen Meditation damit zu beschäftigen, wo ich den Selbstmord vollziehen sollte. Denn seltsamerweise beschäftigte mich die Frage, wie und mit welcher Technik ich ihn verüben würde (verüben, was für ein Wort!) viel weniger als die, in welchem Teil der Wohnung bzw. an welchem Platz ich das tun würde. Das Schlafzimmer schloß ich aus (ich benutzte nur das eine, das andere blieb frei für andere mögliche Gäste, ich betrat es nie), den Balkon auch. Am Tisch? Dann würde ich auf den Boden schlagen und alles vollsauen, was ich meinen Gastgebern gegenüber als unhöflich empfand. Als noch viel unhöflicher als der bloße Selbstmord selbst. Dann müßten sie den Läufer reinigen lassen, der unter dem Tisch ausgerollt war und sich in den Raum hinein zog. Allerdings konnte man den Läufer auch zusammenrollen und in die Ecke stellen. Aber was würden sie dann denken? Da hat der Andreas also vorher noch den Läufer zusammengerollt, um ihn nicht zu beschmutzen, dieser Idiot. Hätte er das mal lieber alles seinlassen!

Oder ich konnte mich an die Heizung lehnen, hocken, in den Schneidersitz setzen, dann würde Blut nur auf den Holzboden fließen. Das konnte aber möglicherweise einen noch nachhaltigeren Schaden anrichten und ein dauerhaftes Zeichen hinterlassen. Nur eine leichte Verfärbung, mag sein, aber sie müßten sich dann immer sagen: Da lag er, der Blödmann, als er sich umgebracht hat. Den Läufer konnten sie vielleicht einfach wegwerfen. Mit dem Tod an der Heizung aber mußten sie möglicherweise den ganzen Dielenboden austauschen, um die optische Erinnerung an mein Wetterauer Blut zu tilgen. Oder waren die Dielen so imprägniert, daß sie das Blut gar nicht aufnehmen würden? Ich konnte es ja an einer unauffälligen Stelle mal ausprobieren, so wie man Wäscheseife an einer Stelle ausprobiert, an der sie keinen

Schaden anrichtet, falls sie den Stoff verfärbt. Um aber ein beweiskräftiges Ergebnis zu erzielen, mußte ich es schon mit Blut ausprobieren und nicht etwa bloß mit passata di pomodori.

Die sauberste und nächstliegende – und vermutlich am meisten praktizierte – Lösung des Problems bestand natürlich im Tod im Badezimmer, denn da war jede Fläche gut abwaschbar. Allerdings hatte das Badezimmer kein Fenster, man mußte das Licht anmachen, mit dem zugleich eine Lüftung anging. Ich würde mich sicherlich nicht im Dunkeln töten, auch nicht bei bloß offenstehender Tür. Das Verbluten würde ja vermutlich ziemlich lang dauern. Wenn ich aber das Licht anmachte, würde es möglicherweise tage-, vielleicht sogar mehrere Wochen lang brennen, und die Lüftung würde die ganze Zeit brummen, bis mich jemand fände. Das wäre auch nicht höflich.

Der Tod in der Badewanne fiel als Möglichkeit sowieso aus. Es gab keine Badewanne.

Der Gedanke mit dem Badezimmer gefiel mir im ganzen nicht. Etwas daran erschien mir unwirtlich, kalt, aseptisch, man hätte auch gleich in ein Krankenhaus gehen können, um sich dort möglichst steril umzubringen. Übrigens störte mich auch die Anwesenheit der Kloschüssel. Wer will schon neben einer Kloschüssel gefunden werden! Irgendwie, trotz guter Putzbarkeit einer solchen Naßzelle, fand ich ein solches Unterfangen unwürdig.

Ein Telefon hatte die Wohnung nicht. Alle paar Tage lief ich zu einer Telefonzelle und rief in Turin an.

Wie war ich überhaupt auf Oulx gekommen? Aus Erzählungen kannte ich den Ort seit einigen Jahren, meine Austauschschülerfreundin hatte öfter von ihm berichtet. Die Ferienwohnung wurde von ihrer Familie und von Freunden benutzt. Die Turiner Familie besaß zwei solcher Wohnungen, eine in den Bergen (zum Skifahren), eine andere am Meer (zum Baden), letztere in einem Ort mit dem sprechenden und viel besser für mein Vorhaben geeigneten Namen Finale. Er lag an der ligurischen Küste. Im Sommer hätte ich sicherlich um einen Aufenthalt in Finale gebeten. Aber es war noch Frühjahr, und nach Oulx hatte mich meine Austauschschülerin mit dem Auto bringen können, der Skiort lag erheblich näher an Turin als Finale.

In den Tagen vor meiner Abreise hatte ich mein Sparbuch aufgelöst, auf dem ich knapp 1000 Mark angespart hatte, jenes erwähnte Autodafé vollzogen (direkt neben einer Mülltonne), dann war ich in ein Reisebüro gegangen und hatte die für einen »Twen« wie mich verbilligte Reise nach Turin gebucht (die Kategorie hieß »Twen-Ticket«). Der »Twen« reiste einfach. Kein Rückticket. In Friedberg lief ich noch einmal über die Kaiserstraße, kam an der Bindernagelschen Buchhandlung vorbei und begegnete auf dem Trottoir zufällig einer früheren Bekannten, die an der Schule im Jahrgang über mir gewesen war. Ich fragte sie (ohne einen Kontext anzudeuten): Soll ich oder soll ich nicht? Sie fand die Frage witzig, eben weil sie kontextlos gestellt war, sie hielt sie für eine Art Spiel und antwortete begeistert: Ja, unbedingt! Man soll unbedingt immer tun, was man will! Findest du nicht?

Zu Hause rief ich beim Weckdienst an, ließ mich um vier Uhr morgens wecken und fuhr nach Turin. Meine Bekannte holte mich mit einem kleinen roten Cinquecento am Bahnhof ab. Sie rauchte. Es war März, ich sah in der Nähe des Bahnhofs die erste Magnolie des Jahres blühen. Sie stand unvermittelt da, diese Magnolie. Seither verbinde ich alle blühenden Magnolien mit Turin im Jahr 1990.

Wir fuhren in die Berge. Was ich vorhatte, wußte sie natürlich nicht. Ich hatte es niemandem außer einem guten Freund gesagt, Jan Plaumann, der die Italienerin ebenfalls kannte und schon in Oulx und sogar in Finale gewesen war. Er ging tatsächlich davon aus, mich nicht mehr wiederzusehen. Also daß das meine finale Reise wäre, wenn auch nicht nach Finale, sondern nur nach Oulx.

Wir fuhren mit dem Cinquecento durchs Gebirge, und als ich den Ort sah, kam er mir glücklicherweise völlig trostlos vor. Die Saison war vorbei, der Schnee schon größtenteils verschwunden und das Städtchen ziemlich ausgestorben. Überdies war der Ort angenehm unansehnlich und nichtssagend. Der Kirchturm sah besonders traurig aus, und die Oulx umgebende Landschaft war völlig reizlos zu dieser Jahreszeit. Auch die Ferienwohnung hatte ich mir anders vorgestellt, idyllischer. In Wahrheit lag sie hügelan in einer Reihe von gleichförmigen, schnell hingebauten Häusern aus den sechziger oder siebziger Jahren. Wohnung wie Ort und Landschaft: Es war alles bloß zum Benutztwerden da und hatte selbst absolut nichts für sich. Perfekt!

Der Augenblick des ersten Eintritts in die Wohnung hatte etwas Feierliches, zumindest für mich.

Die Wohnung war von einer geradezu furiosen Tristesse.

Meine Bekannte blieb über Nacht. Sie zeigte mir den Alimentari, wir kauften ein (Chianti, Brot, Schinken, Kaffee), aßen am Tisch, sprachen, betranken uns und schliefen dann miteinander. Im durchs Fenster einfallenden Mondlicht nahm sie sich mit ihrer bleichen Haut aus wie eine Erscheinung, fast geisterhaft. Wie ein durch den Weltenraum schwebender, ins Riesige vergrößerter Menschenleib. Am nächsten Morgen hatten wir beide fürchterliche Kopfschmerzen, und am Mittag fuhr sie nach Turin zurück.

Ich betrat also die Pizzeria, wie in den letzten Tagen regelmäßig. Das Mädchen bediente. Meine Ankunft quittierte sie mit einem kühlen Lächeln. Eine für mich unerreichbare Erscheinung, mit der ich mich offenbar selbst quälen wollte, denn ich ging ja aus freien Stücken (zugleich natürlich zwanghaft) jeden Tag zu ihr.

Seit meiner Ankunft waren nun schon ein paar Wochen vergangen. Ich hatte unterdessen eine längere Reise nach Chambéry gemacht, den erwähnten Aufenthalt in Barone verbracht, war auch zwei- oder dreimal in Turin gewesen. Am vierten oder fünften Tag meines Oulx-Daseins hatte ich in einer Art Post-und-Krämer-Laden einen Brief an Jan Plaumann aufgegeben, dabei war mein Blick auf ein kleines Taschen-Dizionario gefallen. Robuster Einband, übersichtlich, sogar mit Grammatikteil. Ich kaufte es, indem ich auf das Büchlein hinwies und sagte: Dizionario, per favore. Aus dem Französischen, dictionnaire, war mir klar, daß das Wort Wörterbuch heißen mußte. Es stand gut lesbar auf dem Umschlag. In meinem eigenartigen Zustand fühlte ich mich plötzlich wie ein Raubtier, das ein Stück Beute gerissen hat und nun sinister wegschleppt. Ich steckte das Büchlein verstohlen ein und lief nach Hause. Daß der Umschlag abwaschbar war, schien mir leitmotivisch passend. Daß der Erwerb des Wörterbuchs aber in gewissem Widerspruch zum Zweck meiner Oulx-Reise stand, fiel mir nicht auf.

Ich hatte nur zwei Bücher dabei, eine dtv-Georg-Büchner-Ausgabe, *Werke und Briefe*, und mein damaliges Lieblingsbuch, *Anton Reiser* von Karl Philipp Moritz. Neben dem Ordnen und Sichten der Papiere im Schuhkarton, das an Flagellantentum erinnerte, und den beiden Büchern gab es in meiner Wartezeit nun eine neue Beschäftigung.

Einzelne Wörter zu lernen konnte dazu dienen, im Lebensmittelladen etwas anderes zu kaufen als immer nur das gleiche (meine Turiner Bekannte hatte mir immerhin noch den Unterschied zwischen *crudo* und *cotto* beigebracht, was Schinken anging). Ich begriff aber, daß ich dazu die Ausspracheregeln im Buch studieren mußte. Denn was sollte es für einen Sinn haben, Wörter zu benutzen, die man unverständlich aussprach (Pro-Ski-Utto)? Da hätte ich es auch beim bloßen Draufzeigen belassen können.

Schließlich schaute ich weiter nach hinten in den Grammatikteil.

Jetzt konnte ich mich jeden Tag mit etwas neuem beschäftigen. Um Vokabeln, Konjugation und Deklination zu üben, kaufte ich mir Papier. Ich legte mir kleine Fragmente zurecht und probierte sie dann im Alimentari aus. Daß ich Französisch gelernt hatte, stellte aufgrund der Ähnlichkeit der Sprachen eine erhebliche Erleichterung dar. Meine Erfolge waren allerdings so, daß sie mir in dem Laden lieber erstmal den Unterschied zwischen *questo* und *quello* erläuterten. Aber ich merkte ihnen an, wie wohlwollend sie meine Bemühungen verfolgten. Besonders die Frau des Besitzers, eine Matrone fortgeschrittenen Alters in einem Kleidungsstück, das unserer heimischen Kittelschürze nahekam, nickte anerkennend.

Da mein sonstiger Tag bis auf die diffusen Meditationen ohne jeden Inhalt war, bekamen die Brocken, die ich lernte und ausprobierte, für mich eine gewaltige Bedeutung. Die Erwartung auf das Ausprobieren füllte den halben Tag. Ging ich zum Alimentari, war ich regelrecht aufgeregt. Im Grunde verhielt ich mich wie ein Gefangener in einem alten Abenteuerroman, der seit Jahren in völliger Einsamkeit lebt und sich auf einen beliebigen Käfer oder ein anderes Insekt stürzt, das sich in seine Zelle verirrt hat, um in dem winzigen Tier irgendeine Form der Unterhaltung zu finden.

Betrat ich den Laden, geschah alles mit einer Menge Blut in meinen Ohren, es rauschte. Klappte es, war ich glücklich wie der Gefangene mit seinem Insekt. Mißlang es, war es andererseits nicht schlimm, ich fiel dadurch ja nur in meinen vorigen Zustand zurück. Die Gänge zum Alimentari strahlten auf diese Weise für ein paar Tage wie Flutlicht auf meine Oulx-Existenz. Bald ging ich zum Bahnhof und probierte dort Vorbereitetes aus. Buon giorno io voglio comprare un biglietto per andare a Torino per favore.

Die Rückfrage, ob einfach oder hin und zurück,

verstand ich natürlich nicht, und mit den Zahlen hatte ich auch – in der Hektik der Situation – größere Schwierigkeiten, zumal noch in Lire gerechnet wurde, also in Hunderter- und Tausenderschritten.

Immerhin, noch vor einer Woche hatte ich so gut wie kein Wort Italienisch gesprochen. Nun schon so viel! Aber eigentlich wollte ich mich ja umbringen.

In der Pizzeria hatte ich am Anfang meines Aufenthaltes nur einmal gegessen, etwa um das Wochenende herum, an dem ich für eine Nacht nach Turin gefahren war. Dann länger nicht mehr. Das italienische Mädchen war mir bei diesem ersten Mal nicht aufgefallen, vielleicht war es an diesem Abend nicht anwesend gewesen. Bei der Fahrt nach Barone war ich fünf Tage ausschließlich unter Italienern, und von diesen konnte nur meine Schüleraustauschfreundin Deutsch. Das Wörterbuch hatte ich natürlich dabei.

Ich hauste in einem Turmzimmer, in dem nur eine Art Schminktisch mit Spiegel, ein Stuhl und ein altes Bett standen. Im Dorf kauften sie gleich bei der Ankunft eine Unmenge Wein und ein paar Flaschen Grappa und bereiteten dann in der Küche des Schlosses als allerserstes einen riesigen Topf mit Bolognese zu, von dem wir uns die nächsten Tage ernährten.

Gottseidank waren nach zwei Tagen alle so dauerbetrunken, daß sie sich bis zum Rest unseres Aufenthaltes nur noch stritten. Einer reiste sogar früher ab, ein dünner Philosophiestudent namens Gregorio, der eine John-Lennon-Brille trug und aus irgendwelchen Gründen nicht gut auf mich zu sprechen war.

Immerhin waren es fünf Tage Sprachübungen unter verschärften Bedingungen. Ich konnte neuerdings teilweise eine Ahnung von dem bekommen, was sie in ihrem Italienisch da sprachen.

Gregorio hatte bei seiner überstürzten Abreise den Rest einer zur Hälfte getrunkenen Grappa-Flasche in den Bolognesekessel geschüttet, was aber absolut niemanden störte. Meistens aßen wir die Sauce einfach mit Weißbrot. Jeder rauchte permanent. Meine Bekannte kam eines Nachts zu mir in das Turmzimmer und hatte sich in ein psychisches Wrack verwandelt. Sie heulte die halbe Nacht. Einer von den Jungs war offenbar bis vor kurzem ihr Freund gewesen.

Als ich zurück in Oulx war, um mich endlich in aller Ruhe umzubringen, war mein Italienisch natürlich nach wie vor vollkommen miserabel, aber hatte einen merklichen Sprung nach vorn gemacht.

Jetzt, da ich dauernd in die Pizzeria ging (sie hatte im vorderen Teil eine Bar, die ich aber nie aufsuchte, dort hätte ich mich in meinem Zustand zu ungeschützt gefühlt), nahm ich immer den *Anton Reiser* mit. Ich setzte mich an einen kleinen Tisch, den ich mir anweisen ließ (das war in dieser Pizzeria so üblich, man kam hinein und setzte sich nicht einfach hin), wartete auf das Erscheinen der Bedienung, meistens jene blonde Italienerin, manchmal zu meiner Enttäuschung ein schwarzhaariger junger Italiener, bestellte Wein und Pizza, dann schlug ich das Buch auf und las, während die Bestellungen unterwegs waren. Kam das Essen, las ich währenddessen auch.

Es war absolut klar, daß ich für die blonde Italienerin weniger als ein Fremdkörper war. Ich war für sie vielmehr ein absolutes Nichts. Sie hätte genausogut jeden anderen Unbekannten oder jede andere Unbekannte bedienen können und sich anschließend mit Sicherheit nicht mehr daran erinnert, wen oder vielmehr was sie da eben gerade bedient hatte. Zumindest kam mir das so vor. Was nichts anderes bedeutete, als daß mir entweder jede Selbstwahrnehmung fehlte oder ich davon ausging, daß die Welt von Personen besiedelt sei, die in etwa so wie ich waren. Denn in Wahrheit gab ich ein ganz und gar ungewöhnliches Bild ab. Erstens war ich fremd, aber augenscheinlich kein Tourist, und unterschied mich schon in dieser Hinsicht von allen anderen im Ort. Zweitens lief ich ziemlich seltsam herum, denn ich trug immer ein Sakko und öfter sogar einen Anzug. Zum dritten war ich immer und ausschließlich allein. Und zum vierten hatte ich stets ein und dasselbe Buch dabei. Fünftens sprach ich kaum je ein Wort. Natürlich mußte ich jedem in Oulx sofort ins Auge springen, also auch der blonden Italienerin. Dennoch glaubte ich, für sie durchscheinend wie etwas nicht Vorhandenes zu sein, eine absolute Allerweltsgestalt.

Besuch hatte sich angekündigt. Mein Freund Jan Plaumann und ein weiterer Bekannter würden nach Oulx kommen, in meine Wohnung. Da konnte ich mich natürlich auch wiederum nicht umbringen. Vorher wollte ich nicht, denn der Besuch würde spaßig werden, das wußte ich im voraus. Den Besuch konnte ich gern noch mitnehmen. Zudem wollte ich ein paar Tage nach Grenoble fahren, zu jenem besagten algerischen Gastwirt. Im Grunde schien mein Selbstmord in zunehmender Konfusion zu versanden. Er blieb stets aufs neue in der Etappe stecken. Und plötzlich sprach mich auch die blonde Italienerin an. Ich ging an dem betreffenden Tag, unmittelbar bevor ich nach Grenoble fahren wollte, in die Pizzeria, ließ mir einen Tisch geben wie üblich, setzte mich, bestellte Rotwein (ich bestellte immer abwechselnd, einen Tag Weiß, einen Tag Rot), wählte eine Pizza, schlug das Buch auf, bekam den Wein gebracht, dann die Pizza, und las. Ich trug den Anzug, hatte meine Sonnenbrille auf den Tisch gelegt und benutzte sie als Buchstütze, die Beine übereinandergeschlagen, den Ellbogen auf die Stuhllehne gestützt. Die Pizza pausiert und bleibt für ein paar Minuten unangerührt auf dem Teller. Und da steht dieses schöne, für mich unerreichbare Wesen, die Frau aus dem kleinen Ort, vor mir und fragt:

Leggi sempre?

Diese plötzliche Ansprache hatte eine Wirkung auf mich, die sich kaum ausdrücken läßt. Ich war völlig fassungslos. Was sollte ich jetzt tun? Ich konnte nichts antworten, ich hatte nicht einmal verstanden, was sie fragte. Das Wort *sempre* kannte ich, das andere nicht. Ich konnte die unerreichbare Frau nur mitleid- oder verzeihungheischend anschauen. Ich glaube, ich zuckte sogar mit den Achseln.

Mit glutrotem Gesicht lief ich nach Hause und schlug das Lexikon auf. Ich konnte das Wort *leggi* nicht finden. Ich wußte nicht einmal, wie es sich schreibt. Die Ausspracheregeln mußte ich retrograd anwenden. Kurz, ich mußte ziemlich viel nachdenken und Hypothesen aufstellen, um das Wort mit seinem Infinitiv *leggere* im Wörterbuch zu identifizieren. Es dauerte die halbe Nacht, bis ich begriffen hatte, was das für mich in diesen Tagen so wunderschöne Mädchen gefragt hatte: Liest du immer?

In dieser Nacht legte ich mich völlig unruhig ins Bett. Erstens hatte ich mich wieder nicht umgebracht und deshalb sowieso schon ein schlechtes Gewissen (die bevorstehende Grenoblefahrt und der erwartete Jan-Besuch blamierten mich angesichts meines Vorsatzes ohnehin schon genug), zweitens hatte mich die lange Durchforstung des Grammatikteils bis in die Nacht ziemlich zermürbt, drittens hatte mich die Tatsache, daß jene blonde Italienerin (sie hatte blaue Augen! Das hatte ich an diesem Tag zum ersten Mal erkennen können) mich angesprochen hatte, in eine nicht näher zu beschreibende Unruhe gebracht, die mich die ganze Nacht geradezu monströs verfolgte und mich noch am Morgen mit seltsamen Bildern aufwachen ließ, die teils mit der Bedienung, teils mit dem Innenraum der Pizzeria und teils mit der Urlaubswohnung zu tun hatten, in der ich mich befand.

Als ich naßgeschwitzt aufstand, war mir klar, daß ich an diesem Tag nicht nach Grenoble fahren würde. Sondern daß ich die Frage, die die Italienerin mir am Vorabend gestellt hatte (und die ich mir in gewisser Weise die ganze Nacht immer weiter gestellt hatte, in seltsamen Visionen und Metaphern), vor dem Besuch in Grenoble beantworten mußte. Ich lief in meiner seltsamen Erregung zur Telefonzelle, rief in Grenoble an, sagte, ich verschöbe meine Ankunft auf morgen, und eilte wieder zur Wohnung zurück, jetzt, nach der Verschiebung, in einem ähnlich raubtierhaften Zustand wie nach dem Erwerb des Dizionario. Als zöge ich ein Stück Beute mit nach Hause in die Höhle.

In dieser Höhle übte ich an diesem Tag Konjugationen wie ein Verrückter.

Und lief durch den Tag wie ein Verrückter. Verliebt war ich ja nicht. Nicht meinem Wahrnehmen nach. Ich hielt die Frau für eine Höhenamplitude der Schmerzen, mit denen ich mich selbst zu foltern oder zu stimulieren oder zu quälen seit langem gewohnt war, damals Anfang Zwanzig.

Als ich am Abend in die Pizzeria ging, diesmal wieder in meinem Anzug (es war der einzige, den ich dabeihatte, und zugleich der einzige Anzug, den ich in all diesen Wochen in Oulx je sah), erwartete ich mit furchtbarer Spannung, ob sie – sie, die am Vorabend jene Frage gestellt hatte – wieder da wäre oder nicht. Sie war es!

Ich ließ mir einen Tisch anweisen, legte den Moritz auf den Tisch, und als mein blondes und blauäugiges Wunder von Oulx kam, die Definition von absoluter Entferntheit, Unerreichbarkeit, *hors catégorie*, und ich wie immer eine Pizza und einen Wein bestellte, spannte sich mein Körper wie eine Sehne, weil ich mir auf ihre gestrige Frage eine Antwort zurechtgelegt und memoriert hatte (so, wie ich in den ersten Tagen nach dem Dizionario-Kauf in den Alimentari gegangen war und dort meine allerersten, ebenfalls geradezu rauschhaft memorierten Brocken ausprobiert hatte).

Bevor ich aber irgendetwas sagen konnte, fragte sie selbst: Non bianco oggi? Tatsächlich: Ich hatte Rotwein bestellt, heute wäre aber Weißwein dran gewesen. Das wußte sie? Das hatte sie sich gemerkt? Sie hatte mich also tatsächlich insgesamt irgendwie bemerkt? Mich? Das sprachunfähige italienischlose Nicht-einmal-Urlauber-Allerweltnichts? Einen Tag Rot, einen Weiß, das wußte sie?

Ich sagte ja. Und dann, als Wein und Pizza wie gestern neben dem Moritz vor mir auf dem Tisch standen, folgte meine Reifeprüfung. Ich sagte zu ihr so etwas wie: Gestern, Verzeihung, nicht gestern verstanden, lese immer, ja, weil nicht sprechen kann. Deshalb immer das Buch. Dies Buch (questo).

Sie sagte: Ma parli bene italiano! Und ging auf meinen Tisch zu und schaute auf das Buch. Daraufhin sagte sie etwas, das ich wiederum nicht verstand.

Als ich ging, lächelte sie mich freundlich an und sagte: A domani.

In der Nacht schlief ich keine Sekunde und brachte mich auch wieder nicht um. Ich stellte mir vor: Wie wäre es, wenn dieses blonde Mädchen von meinem Selbstmord erführe? Übrigens würde sie es natürlich erfahren. Der Ort war winzig klein. Jede und jeder würde in ihm erfahren, wenn sich hier jemand umbrächte, vor allem natürlich so ein rätselhafter Nicht-Einheimischer und Nicht-Tourist wie ich. Wie blöd würde sie mich finden, vor allem, wenn sie erführe, daß ich damit auch noch einer hier mit einer Ferienwohnung ansässigen Familie erheblichen Schaden, was deren Ansehen angeht, zugefügt hätte.

Dem gehört ins Gesicht gespuckt. Mindestens auf den Kopf! Was für ein Schwachkopf! Setzt sich hier wochenlang in die Pizzeria, tut ganz normal, lügt uns alle an und zack! bringt er sich um. Saut den ganzen Wohnungsboden voll. Muß dann erstmal gefunden und abgeräumt werden. Bestimmt hier auf Wochen das Dorfgespräch. Diese beschissenen Deutschen! Haben nicht mal die Courage, sich wenigstens zu Hause umzubringen. Müssen dafür nach Italien kommen, nach Oulx. Das hier ist aber ein Skizentrum und kein Selbstmordzentrum. Am Ende wird das noch Mode, und halb Deutschland reist hierher und schlachtet sich ab. Tod in Oulx! Und dann schreiben die Zeitungen Berichte über den Todesort, und so wird Oulx dann weltweit bekannt. Die Hauptstadt der Selbstmörder. Deutschlands italienisches Todeslager. Die Deutschen haben einfach kein Talent, die Welt in Ruhe zu lassen. Besonders die bücherlesenden

Deutschen. Wirken harmlos, sind aber genau das Gegenteil.

Und mittendrin dann das blonde Mädchen, das sich vielleicht sogar noch Gewissensbisse macht, nicht erkannt zu haben, daß jener Deutsche am *Rand des Abgrunds* stand. Vielleicht muß sie sich dann ihr Leben lang sagen: Ich war die letzte, die mit ihm gesprochen hat. Ich habe ihn doch nur gefragt, ob er immer liest. Ich wußte ja nicht, was dieser Satz für ihn bedeuten würde, was er möglicherweise auslösen könnte! Er versuchte sogar, noch etwas darauf zu antworten. Aber vielleicht hat ihn dieser Satz umgebracht, genau dieser. Übrigens verstand ich kein Wort von seiner Antwort, aber ich sagte ihm noch, daß er ja wirklich gut Italienisch spreche. Was hätte ich denn sonst sagen sollen? Weiß ich denn, was in den Menschen vorgeht? Eigentlich war er mir ja sympathisch. Aber er war auch rätselhaft. Immer so still. Irgendwie bedrohlich. Die Deutschen sind immer so seltsam bedrohlich. Still und bedrohlich. Wissen die das eigentlich nicht?

Wenn ich mich aber nicht umbrächte, würde ich womöglich ein ganz anderes Ansehen bei der blonden Frau gewinnen. Da wäre dann einfach eine Zeitlang jeden Tag so ein stummer Deutscher dagewesen, hier in der Pizzeria, und hat sich immer sehr höflich und sehr korrekt benommen, ein bißchen einsam und traurig hat er vielleicht gewirkt, aber das ist ja auch nicht unsympathisch, und er war, anders als die anderen Jungs hier am Ort, nicht so aufdringlich, nicht so partymäßig drauf, er hat überdies immer gelesen, und wen sieht man hier schon lesen? Hier wollen doch immer alle nur Bier und Party und Mädchen und auf die Meile. Der Deutsche war aber immer ernst, wie es Deutsche eben so sind, hat keine blöden Witze gemacht, keinerlei Anzüglichkeiten von sich gegeben, nie hinterhergepfiffen, nicht einmal geblinzelt. Statt dessen hat er sogar versucht, Italienisch zu lernen! Anfangs sprach er gar nicht, dann aber sagte er manchmal ein paar Worte, und einmal hat er sogar versucht, irgendetwas zu erklären, irgendetwas mit lesen und sprechen, und das war sehr lieb, nur leider war er nicht zu verstehen. Wie süß er dabei aussah, gab sich eine solche Mühe! Er blieb auf einige Wochen, ungewöhnlich lang, vermutlich fühlte er sich hier wohl, dieser stille, lesende Deutsche. Immer sind solche Deutschen wie dieser still und nachdenklich. Auch wenn sie nach Italien fahren, bleiben sie still, nachdenklich und lesen die ganze Zeit. Kein Schnaps, nie betrunken, und immer schüchtern die Beine übereinandergeschlagen, während die Jungs aus dem Ort immer so breitbeinig herumsitzen und tun, als gehöre ihnen die Welt. Wie es ihm jetzt wohl gehen mag, jenem angenehmen Deutschen, der für einen Moment etwas anderes in dieses Oulx hereingebracht hat, etwas Besonderes, etwas, was es hier sonst nicht gibt?

Ich fuhr nach Grenoble und besuchte dort den algerischen Gastwirt. Er kochte Tag und Nacht, wir aßen etwa 48 Stunden nonstop, und in der zweiten Nacht begegnete ich auf dem Flur der Wohnung seiner Frau, die kreidebleich war, sich gerade übergeben hatte und meinte, der Fisch am Abend sei wohl schlecht gewesen. Ich legte mich ins Bett und überlegte, ob mir nicht auch gerade ziemlich übel sei und ob das an dem vielen Essen oder im speziellen an einem möglicherweise verdorbenen Fisch liege.

Am nächsten Morgen war mir tatsächlich übel, auch wenn ich mich nicht übergeben hatte. Ich trank schwarzen Kaffee, aber nichts wurde besser, so daß ich den befreundeten Gastwirt um Schnaps bat. Wir fuhren in einen Einkaufsmarkt, wo er wiederum Unmengen an Sachen für die nächsten 48 Stunden meines Besuchs besorgte, ich selbst kaufte mir eine Flasche Ricard, die ich noch im Markt öffnete, um daraus einen großen Schluck zu nehmen. Am Nachmittag fuhr ich vorsichtshalber nach Italien zurück, nachdem ich am Mittag noch bei meinem Bekannten in der Küche gesessen und dort mindestens vier Gläser Ricard getrunken hatte. Mit Eis und Wasser, wie damals die Ouzos auf unserer gesamtgriechischen Rundreise vor einer unüberbrückbaren Ewigkeit, als es noch 1982 war. Damals war ich am Beginn der Welt, dort in Athen. Jetzt war ich in Oulx beim persönlichen Finale, wenn auch nicht am Meer, sondern nur in den nicht mehr skibereiten Bergen.

Auf der Rückreise nach Italien wurde ich kontrolliert. Ich wurde in diesen Wochen, wenn ich mit dem Zug die Grenze passierte, sowieso immer kontrolliert, das lag vermutlich an meinem Anzug, meinem Alter und überhaupt meinem ganzen Auftreten. Ich wußte stets im voraus, daß ich kontrolliert werden würde, und wurde genau deshalb kontrolliert. Diesmal lächelte ich die Polizistin im Zug sogar an, als sie fragte, ob ich etwas anzugeben hätte. Natürlich nicht, wie immer, sagte ich und lächelte dieses dumme Lächeln, das ich nicht verhindern konnte. Alors, les poches!, sagte sie und holte einen Kollegen dazu. Ich entleerte meine Taschen vor den gesamten Zuggästen.

Als Gepäck hatte ich nichts dabei außer einer kleinen Tasche und der Flasche Ricard, der seit dem Mittag ein Viertel fehlte. Ich lief von dem kleinen Bahnhof in Oulx zu meiner Wohnung, und es fiel mir plötzlich ein, daß der Besuch inzwischen angekommen sein mußte, Jan Plaumann in Begleitung eines weiteren ehemaligen Schulkollegen, der Comics zeichnete. Ich schloß also nicht auf, sondern klingelte, die Ricard-Flasche in der Hand.

Als Jan öffnete, sah ich eine merkwürdige Regung in seinem Gesicht. Freude, vor allem aber Erstaunen, gemischt mit etwas Zweifel. Er hatte wohl tatsächlich nicht damit gerechnet, mich noch einmal wiederzusehen.

Ich trat ein, wir setzten uns an den Tisch und begannen, Ricard zu trinken. Mir war nach wie vor übel, und diese Übelkeit sollte mich die nächsten Tage nicht verlassen.

Was folgte, war eine etwa einwöchige Sauferei, ähnlich dem seltsamen Exzeß in Barone, als ich unter lauter Italienern gesessen hatte. Wir tranken einfach gleichbleibend, glücklicherweise gab es im Dorf Ricard zu kaufen. Wir tranken das Zeug schon morgens und dann immer weiter. Übrigens tauchte auch dieser Afrikaner wieder für ein paar Tage auf, seltsamerweise hatte ihn Jan einige Tage zuvor schon in Turin gesehen und war dort bereits von ihm angesprochen worden. Wieder hängte er sich einen Abend an uns, wir konnten ihn kaum loswerden, spendierten ihm aber wenigstens eine Pizza, denn er wirkte ziemlich ausgehungert. Nicht in meiner Pizzeria, sondern in einer anderen. In meine Pizzeria hätte ich ihn nie geführt.

Als ich mit Jan und dem Comiczeichner in meiner Pizzeria erschien, ergab sich im Gesicht der blonden Italienerin ebenfalls ein gewisses Mienenspiel, wie bei Jan, als ich an der Wohnungstür geklingelt hatte. Ihren Ausdruck aber konnte ich nicht recht deuten. Am ehesten wirkte sie so, als versuchte sie etwas zu verstehen, bei dem sie zugleich weiß, daß sie damit eigentlich nichts zu tun hat.

Schon ein paar Tage später saßen Jan und ich mit ihr und ihrer Arbeitskollegin zusammen im vorderen Barbereich, wir tranken und rauchten und radebrechten auf italienisch und englisch. Sie rauchte viel, ich auch. Ich fand sie nach wie vor sehr schön, konnte aber nun viel besser damit umgehen, es bedrohte mich nicht mehr. Immer wenn sie sprach, fand ich sie völlig normal. Die Schmerzen waren verschwunden. Den ganzen weiteren Aufenthalt über hatten wir zwar nichts miteinander, aber das Thema verlor sich sowieso von Abend zu Abend mehr, wenn ich mit Jan erschien und wir alle zusammen eine Zeitlang tranken und rauchten. Sie fand uns ein wenig exotisch, glaube ich. Am Ende kamen wir ihr vermutlich ziemlich gewöhnlich vor, aber als Ausländer wenigstens ein bißchen interessanter als andere.

Zwei Wochen später fuhr ich mit meinem algerischen Bekannten von Grenoble aus über die Schweiz nach Deutschland zurück. Im Kofferraum lag der Karton mit meinen nichtverbrannten ›Schriften‹. Natürlich wurden wir kontrolliert. Das war mir klar, als die Grenzbeamtin durchs Seitenfenster zu mir hineinschaute und meinen Paß verlangte. Ich mußte wieder so dumm grinsen. Tatsächlich visitierten sie den gesamten Wagen, wie damals an der Grenze zur DDR, als sie mir das Asterixheft abgenommen hatten. Vor allem interessierten sie sich dort an der Schweizer Grenze für den Karton im Kofferraum. Es hätte ja Gottweißwas darin sein können (Sprengstoff?).

Der algerische Gastwirt war völlig fassungslos, denn er war trotz seines fremdländischen Aussehens noch nie an der Schweizer Grenze kontrolliert worden.

An diesem Tag sah ich übrigens zum ersten und einzigen Mal in meinem Leben Genf und den Genfer See.

BANGKOK, FRIEDBERG, MARRAKESCH

Der Wecker klingelt. 7.00 Uhr morgens. Noch immer erste Hälfte der neunziger Jahre, noch immer im vorigen Jahrhundert. Die Tür zum Balkon steht offen, schon vor eineinhalb Stunden habe ich das ein oder andere Auto in meinem Halbschlaf vom Parkplatz unter meiner Wohnung wegfahren hören. Sollte es gerade Winter sein, lassen sie bei angelassenem Motor das Fahrzeuginnere heizen, während sie das Eis von den Scheiben kratzen, um etwas sehen zu können, wenn sie losfahren. Meine Balkontür steht zu jeder Jahreszeit offen, die ganze Nacht, auch bei Minusgraden.

Die Stadt heißt Frankfurt. Der Stadtteil Ginnheim. Die Straße August-Scheidel-Straße.

Die Wohnung, in der ich in diesen Jahren lebe, liegt mit dem Auto 32 Kilometer entfernt von dem Haus in Friedberg, in dem ich aufgewachsen bin, und 35 Kilometer von dem meiner Großmutter in Bad Nauheim, in dem ich später einmal, schon im neuen Jahrtausend, die *Ortsumgehung* schreiben werde. Davon ahne ich zu meiner Zeit als Student natürlich noch überhaupt nichts.

Damals in Frankfurt bin ich Mitte Zwanzig. Die Kaffeemaschine (im Filter: Jacobs, mit einer Elektromühle gemahlen, die mir meine Mutter überlassen hat) habe ich am Vorabend befüllt, ich muß sie nur anschalten. Sollte es Winter sein, tue ich das als erstes, schließe die Balkontür, mache die Heizung an und gehe dann ins Bad, ein tageslichtloser winziger Raum, um Badewasser einzulassen. Fünf Minuten später liege ich mit einem Jacobs-Filter-Kaffee mit Milch und Zucker im einlaufenden Badewasser und versuche mir den anstehenden Tag vorzustellen, auszumalen, oder besser: mir in Erinnerung zu rufen, was ansteht.

Allerdings bin ich mir völlig sicher, alles auszuführen, was ansteht. Die nächsten zwei Stunden werde ich erst einmal am Schreibtisch verbringen. Aber vorher baden.

Ich mustere das fensterlose Bad. Kacheln, klein, grau und blaugrauweißschwarz. Die Kacheln reichen bis in die Höhe, wo die Duschdüse angebracht ist. Darüber ist die Wand weiß verputzt. Auf den Putz hat Hendrik Tiffany, Cousin von Jan Plaumann und Freund des Comiczeichners, eine Art Gemälde angebracht. Ein surreales Wimmelbild, Figuren ragen hier und da heraus, er hat alle Farben der Palette verwendet. Ob ich ihm dafür Geld gegeben habe, weiß ich nicht mehr. Hendrik wird sich im Jahr 2003 verbrennen.

Jeden Morgen versuche ich beim Baden herauszufinden, was das Gemälde darstellen will bzw. woher die Ideen zu ihm kommen. Aber ich bin noch zu müde, und jeden Morgen vermengt sich das Bild mit meiner Müdigkeit.

Sonst zeichnet Hogi (so wird Hendrik damals in unserem Kreis genannt) auf Papier, mit einem Tuschestift. Er arbeitet immer mäandernd. Das, was Menschen beim Telefonieren auf den Block zeichnen, überführt er ins Figürliche. Architektur, Gesichterskizzen, Körper, Autos, Fahrradfahrer, alles geschieht in seinen Linien quasi gleichberechtigt. Alles wächst aus allem und mit allem am Ende wieder zusammen. Jede Linie entsteht, bildet etwas heraus und verschwindet dann wieder in einer anderen. Am ehesten erinnern seine Bilder an abstrakte Städte mit völlig verschobenen Perspektiven und verkehrten Größen. Bald wird Hogi an einer schweren Schizophrenie leiden, Stimmen hören und Teufelchen sehen. Seine Malerei in meinem Bad bildet einen Fleck links oberhalb der Wanne, etwa einen halben Quadratmeter groß und in Blickrichtung, wenn man in der Wanne liegt.

Wenn einem allerdings der Blick aus Morgenmüdigkeit verschwimmt, kann man den Fleck auch für einen bloßen, seltsam bunten Pilzbefall an der Wand der Naßzelle halten. In der Tat, es könnte auch eine natürliche Auswucherung sein, in deren zufälligen Strukturen dann nur der halbwache Geist Gegenständlichkeit sucht, weil er nun einmal dazu da ist, Zusammenhänge und Identitäten zu stiften.

Manchmal überlege ich, ob es nicht besser wäre, Hogis Fleck einfach wieder zu übertünchen. Er ist so ziemlich das einzige Ungeordnete in meinem damaligen Leben, kommt mir zu der Zeit vor.

Die Phase des morgendlichen Badens geht über vielleicht zwei Jahre. Übrigens schlafe ich in der Badewanne regelmäßig wieder ein. In keinem Moment mache ich mir Gedanken darüber, daß ich dabei auch sterben könnte, wie meine Frankfurter Tante Ulla, die in einer Badewanne ertrunken ist. Hätte es Jahre zuvor in Oulx eine Badewanne gegeben, wäre ich nicht einmal auf den Gedanken gekommen, mich dort morgens zum Einschlafen hineinzulegen.

Noch vor acht Uhr sitze ich am Schreibtisch, während es draußen entweder winterlich dämmert (und das Zimmer inzwischen geheizt ist) oder es bereits sommerlich hell ist. Ich mache nach einem Wochenplan immer das gleiche: Entweder übersetze ich Passagen aus dem Griechischen für meinen Griechischkurs, oder ich lerne Vokabeln, übe Deklinationen und Konjugationen und Präpositionenverwendungen, zwei Stunden Dativ, zwei Stunden Akkusativ. Oder übersetze Vergil oder Tacitus oder Lukrez. Vokabeln werden in kleinster Schrift an den Rand gesetzt, später auf Kärtchen übertragen und dann immer wieder geübt.

Ich tue nun sozusagen in großem Maßstab das, was ich vor Jahren im kleinen in Oulx gemacht habe. Der Zusammenhang fällt mir aber gar nicht auf.

In der hinteren Ecke des Raumes steht ein Bett. Bis vor kurzem lag dort bloß eine Matratze. Als ich mich wenige Semester vorher am Altphilologischen Institut wiedergefunden hatte, war es zu einer spontanen Entfremdung zwischen meiner damaligen Freundin und mir gekommen. Damals hatten wir gemeinsam die Witwe Adornos gepflegt. Ich hatte Romane zu schreiben versucht, sie ebenfalls. Dann aber begann sie die alten Sprachen und die toten Männer, mit denen ich mich plötzlich so intensiv beschäftigte, zu verabscheuen. Etwas daran griff sie an. Mit einem Edding hatte sie eines Morgens, als ich am Schreibtisch saß, mit Dativ oder Ablativ beschäftigt, in großen Lettern an die Wand neben die Matratze geschmiert:

ICH HASSE DICH!

Später versuchte sie es, auf meine Bitte hin, mit weißer Farbe zu übermalen. Die Buchstaben scheinen aber immer noch durch und sind, wenn auch blaß, lesbar geblieben. Getrennt haben wir uns schon vor längerer Zeit. Während ich mit den alten Sprachen anfing, begann sie mit dem Kiffen.

Die Städte kommen jetzt wieder in Papierform vor, wie früher, als ich mit Asterix nach Ägypten, in die Schweiz oder quer durch Frankreich gereist bin. Mit Vergil fahre ich über das Wasser und im halben Mittelmeerraum herum, mit Platon befinde ich mich meistens in Athen. Cäsar natürlich Gallien. Mit Tacitus bin ich hauptsächlich in Rom und mit Lukrez im philosophischen Nichts, das mit Atomen angefüllt ist, einer Art Urstoff für solche Herausbildungen wie Rom oder Athen oder Mittelitalien.

Faktisch reisen wir, Studentinnen und Studenten, zu der Zeit gar nicht. Die Reisen mit den Eltern sind für alle längst vorbei, eigene Urlaubsziele sind nicht entwickelt, und es ist auch kein Geld dafür da. In den Semesterferien arbeiten wir zeitweise bei der Post, als Bedienung, im Telefoncenter oder geben Instrumentalunterricht, treffen uns aber ansonsten wie im Semester und gehen weiterhin in die Mensa und sitzen vormittags und nachmittags in den Übungsräumen und übersetzen und trainieren gemeinsam. Oder schauen Fußball-Europa- oder Weltmeisterschaft und sitzen in Apfelweinwirtschaften herum oder im Backstage oder im Doctor Flotte. Einmal, wie erwähnt, fahre ich nach Innsbruck auf den Spuren eines Autors, aber das versteht sich eher als Dienstreise.

So gut wie niemand in meinem Bekanntenkreis fliegt oder ist jemals geflogen. Ich halte mit meinen insgesamt vier Flügen den Rekord. Das ist die erste Hälfte der 1990er Jahre. Nur einmal habe ich in meinem Studium jemanden vom Flughafen abgeholt, nämlich jene Ich-hasse-dich-Freundin, die damals, aus übergroßer Nervosität und weil sie mich (oder uns) nicht mehr aushielt, nach London geflogen war, auf eine Woche zu ihrem Ex-Freund. Als sie zurückkam, war sie noch nervöser.

In der Leipziger Straße bleibe ich bisweilen, allein oder mit Freunden, vor den Schaufenstern der

Reisebüros stehen, die sich immer mehr versachlichen. Es hängt zunehmend kleinteilige Werbung darin. Früher, in meiner Jugend, wurden auf großen Plakaten oder Aufstellern gleichsam noch ganze Lebensgefühle oder Themen angeboten, Strand, Sonne, Schnee, Almhütte, große Schiffe. Nun hängen kleine, Din-A4-formatige Zettel mit konkreten Informationen ohne große Bebilderung im Schaufenster. Die Informationen wirken nackt und sachlich und erinnern daran, wie die Waren in einem Discounter in die Regale geräumt sind. Man zahlt soundso viel Mark für soundso viel Tage für die und die Komfortstufe. Offenbar muß das inzwischen massenhaft in Anspruch genommen werden, sonst würde die Werbung nicht so zahlreich in die Schaufenster kommen. Wir, die wir täglich an die Universität gehen, haben zu dieser Tourismuswelt keinen Kontakt, und wir kennen auch niemanden aus der Gruppe der auf Angebot Reisenden.

Vorher, noch eine Sekunde bevor man das Schaufenster gesehen hat, wäre man vermutlich um nichts auf der Welt auf den Gedanken gekommen, an diese Orte zu fahren bzw. zu fliegen. Vielleicht hätte unsere frühere Studiosus-Reise nach Griechenland in einem solchen Schaufenster hängen können, nur wären solche wie meine Eltern Anfang der 1980er nie darauf aufmerksam geworden. Damals schauten sie sich auf der Kaiserstraße in Friedberg bloß Mode- und Haushaltsgeschäfteauslagen an. Die neuesten Teflonpfannen und Übergangsmäntel etc.

Etwa um 9.45 Uhr breche ich meine Arbeit ab (in einer Woche werde ich dasselbe Thema wiederaufnehmen, dem Plan entsprechend), packe die für die Uni notwendigen Materialien zusammen, ziehe je nach Jahreszeit vielleicht eine Jacke oder einen Mantel an, verlasse die Wohnung und fahre mit dem Fahrrad am Friedhof vorbei über die Brücke nach Bockenheim, die Franz-Rückert-Allee entlang, Sophienstraße und dann Gräfstraße. Dann betrete ich das in den damaligen Jahren meines Lebens wichtigste Gebäude auf der Welt, Gräfstraße 74-76.

Dieses Gebäude könnte auf keiner Urlaubswerbung angeboten werden. Es ist eine Betonwüste, in jedem Detail unansehnlich. Besser noch für die vorliegenden Studienzwecke geeignet als die Ferienwohnung in Oulx für einen Selbstmord. Das Gebäude ist gebaut in einer Sachlichkeit, die an Müllcontainer erinnert. Alle, die in diesem Gebäude leben, arbeiten und studieren, lieben das

Gebäude abgöttisch. Ein derart geliebtes Gebäude wie die Gräfstraße 74-76 kann es in jedem Menschenleben nur einmal geben, während auf der Leipziger Straße, keine hundert Meter entfernt, zeitgleich die halbe Welt im Schaufenster angeboten wird wie die Nutten im Laufhaus in der Weserstraße. Jedes Ziel per Flugzeug erreichbar. Zur Gräfstraße muß man nicht fliegen als Frankfurter Student oder Studentin (es genügt das Fahrrad), die Gräfstraße fliegt selbst, und wir mit ihr, die Eingeschriebenen, denen der einmalige Vorteil auf der Welt zuteil wird, in diesem Betonloch studieren zu können. Existieren zu können. Es zu unserem Leben machen zu können. Es mit unserem Leben füllen zu können.

Ich habe damals immer mal wieder im zweiten Stock bei den Germanisten zu tun, aber vor allem im sechsten, Institut für Klassische Philologie. Zuweilen auch bei den Historikern, drittes und viertes Stockwerk. Ganz selten bei den Althistorikern und Numismatikern, die sind ganz oben. Von dort sollen vor unserer Zeit hin und wieder Menschen hinuntergesprungen sein, so die Sage. Jetzt kann man im ganzen Gebäude die Fenster in den großen Übungs- und Bibliotheksräumen nur noch kläffen.

10 Uhr c. t. das erste Seminar oder die erste Vorlesung. Danach Mensa mit Stefan, Birgit, Oda, Annette. Dann entweder wieder Seminar oder Vorlesung, oder wir lernen gemeinsam in einem freien Übungsraum. Um 16.00 Uhr bin ich im Plazz-Café am Kirchplatz verabredet, mit Astrid. Astrid habe ich vor einem Jahr im Institut kennengelernt, genauer gesagt sind wir uns bei einer Studienwanderung auf den Sandplacken im Taunus nähergekommen. Sie trug an diesem Tag einen kurzen grauen Rock.

Gegen 15.50 Uhr schließe ich, es ist jetzt ganz konkret ein Sommertag, an der Uni mein Fahrrad auf und fahre zum Kirchplatz. Während ich über die Leipziger lenke, versuche ich meine Gedanken zu ordnen. Vielleicht ist Astrid neben Hogis Bildfleck an der Wand doch ein zweites Ungeordnetes in meinem zu dieser Zeit altphilologisch durchregulierten Leben.

Astrid ist nicht besonders groß, hat blonde Haare und kommt aus Bad Hersfeld. Sie ist immer ziemlich geschminkt und hat gezupfte Augenbrauen, worüber ich hinwegsehen kann. Insgesamt habe ich sowieso nicht das Gefühl, wir würden zueinanderpassen, aber das stört mich nicht weiter. Seit dem grauen Rock ist sie nun einmal da. Allerdings hat sie einen Freund, und das schon seit zwei Jahren.

Wir essen beide eine Zwiebelsuppe. Sie wird für ein paar Tage verreisen, und wir verabreden ein Treffen nach ihrer Reise, weil sie davon berichten will. Das ist eine ungewöhnliche Situation: Ich habe mich noch nie mit jemandem verabredet, damit er (oder sie) von einer Reise berichtet. Ich erinnere mich natürlich an die Dia-Abende, die früher in unserem Eßzimmer im Mühlweg in Friedberg stattgefunden haben. Mein Vater hatte auf seinen Urlaubsfahrten stets fotografiert, und das wurde dann der Verwandtschaft vorgeführt, dazu kamen die Onkel und Tanten aus Frankfurt herbeigefahren und Chips, Flips und Dips und halbtrockener Riesling vom Weingut Winter aus Rheinhessen auf den Tisch. Der Dia-Projektor entwickelte immer einen bestimmten Geruch bei längerem Betrieb.

Oder ich erinnere mich an meinen Deutschlehrer, den ich zur Zeit des Abiturs und auch noch danach öfter besuchte. Dieser pflegte ganz ausführlich von Reisen zu erzählen, die teilweise schon zwanzig, dreißig Jahre zurücklagen, immer an für damalige Verhältnisse sehr gewagte Orte wie zum Beispiel in die Sahara, er verbrachte dort einmal mit seiner späteren Frau den Heiligen Abend, oder nach Marrakesch. Dias hatte er keine. Aber dennoch wurde der Djemaa el Fna (ich hatte dieses Wort vorher noch nie gehört) in seinen Berichten so anschaulich, daß ich meine erste längere Erzählung, die ich zur Astrid-Zeit schreibe, unter anderem in Marrakesch spielen lasse. An jenem Heiligen Abend hockten sie in einem Zelt oder einer Holzhütte und fanden dort ein uraltes Langwellenradio vor, von dem niemand geglaubt hätte, es würde noch funktionieren. Vielleicht war es eines dieser Radiogeräte mit Kurbel. Allerdings lieferte es tatsächlich Geräusche, und irgendwann erkannten sie in dem Wellensalat Fragmente von *Stille Nacht, heilige Nacht*. Seine zukünftige Frau, obgleich allem Weihnachtsbrimborium abgeneigt, soll urplötzlich hemmungslos in Tränen ausgebrochen sein, dort in der Sahara mit dem deutschsprachigen Weihnachtslied im Äther. Bei Flügen über die Wüste habe man nur uralte Maschinen zur Verfügung gehabt und konnte durch Löcher im Boden auf die Erde und Wüste hinunterschauen. Die Reisen meines Lehrers dauerten meistens Monate.

Astrid unterscheidet sich durch eines von uns allen: Sie verreist oft. Das liegt an ihrem Freund, der bei einer Fluggesellschaft arbeitet und daher über Vergünstigungen oder sogenannte Freiflüge verfügt. Diesmal soll es nach Bangkok gehen. Ich bekomme immer nur von fern mit, wenn sie unterwegs sind, und habe darüber nie einen Überblick. Ob sie das zwanzigmal im Jahr machen oder zehnmal oder wie oft auch immer, weiß ich nicht. Astrid hat bislang nicht weiter von den Reisen erzählt. Wieso sie es diesmal will, weiß ich nicht, ich vermute aber, daß sie es einfach als Anlaß nimmt, mich wiederzusehen. Die Lage ihrer Beziehung ist mir sowieso nicht so ganz klar. Einmal, vor zwei Wochen, habe ich sie besucht, sie in Leggings, wir beide auf der Couch eng nebeneinander, aber wir haben uns nicht geküßt.

Nach dem Treffen fahre ich in die Wohnung und mache zwei Stunden Vergil, dann gehe ich zum Griechen essen, Florastuben (Florastraße), oder gleich in den Doctor Flotte. Wenn es Sommer 1994 ist, radle ich ins Nordend zu meinem Freund Stefan Götz, um Fußball-WM-Spiele zu schauen. Auch das Schreiben habe ich in den Wochenplan eingebaut, mittwochs und donnerstags jeweils eine Stunde direkt nach dem Aufstehen – ohne Bad, sondern mit der Kaffeetasse sofort an den Schreibtisch, damit keinerlei Gedanken in mir vorhanden sind, denn sie würden Konzentrationsverlust bedeuten. Zum Schreiben vollkommen leer sein. Was ich produziere, ist zwar miserabel, aber wenigstens enden die Sachen nicht mehr nach drei Seiten im Nichts. Marrakesch ist eine Erzählung von etwa hundert Seiten.

Astrid fährt mit mir nach Friedberg. Wir im Opel Ascona. Autobahn. A5. Meine Eltern sind nicht da. Ich mache mal wieder die Post für sie und habe Astrid diesen Trip vorgeschlagen. Mittags hin, am gleichen Tag zurück. Sie kennt Friedberg nicht, sie wohnt in Neu-Isenburg südlich von Frankfurt (zehn Minuten mit der S-Bahn).

Astrid bleibt verwundert vor dem Haus stehen. Mein Gott, ist das groß, sagt sie. Warum ist das denn so groß?

Ich: Sie haben mal geplant, daß zukünftig unten eine Kanzlei oder so etwas sein könnte, und dann könnte man oben abtrennen und hätte eine große Wohnung.

Sie: Wer erbt denn das?

Ich: Wir sind drei.

Sie: Das müßt ihr doch verkaufen, so groß, wie das ist.

Ich: Vermutlich, ja.

Sie: Und deine Geschwister, versteht ihr euch?

Ich: Normal halt. Wie in jeder Familie, vermute ich. Es gibt noch zwei andere Immobilien. Und eine Ferienwohnung.

Sie: Dann könnt ihr es ja aufteilen.

Ich: Das müssen die schon selbst machen.

Ich schließe die Haustür auf, das Haus wirkt auf Astrid, wie es auf jeden Menschen wirkt, der es betritt: groß und leer. Der Eingang ein geradezu riesig geratenes Foyer, Marmorplatten, ein völlig unproportional dimensioniertes freiliegendes Treppenhaus, die Stufen ebenfalls aus Marmor, aus irgendeiner deutschen Grube, mit Einsprengseln abgelagerter vorsintflutlicher Tiere, Jura, Ammoniten.

Astrid steht gebannt im Foyer, es kommt ihr, wie auch im folgenden jedes Zimmer in dem Haus, völlig unwirtlich vor. In der Küche, die zur Usa, unserem Fluß, hinausgeht, lasse ich die (inzwischen) elektrischen Rolläden als erstes hoch, dann im ganzen Untergeschoß. Oben nur in meinem ehemaligen Zimmer. Es steht immer noch das Klavier darin. In diesem Bett hast du geschlafen, fragt sie.

Ja, sage ich. Es stand aber in meiner Jugend an der anderen Wandseite. Ich konnte zum Fenster blicken.

Astrid läßt sich auf das Bett fallen und schaut mich lange an. Ich gehe hinunter ins Büro meines Vaters und beginne die Post zu öffnen, die unsere Putzfrau, die im Haus gegenüber wohnt (Frau Eiler), aus dem Briefkasten geholt und auf den Schreibtisch meines Vaters gelegt hat. Der Stapel ist etwa zwanzig Zentimeter hoch, ich brauche eine Viertelstunde, um ihn durchzusehen, rufe dann bei meinem Vater in Brixen an und faxe ihm einige Briefe an seinen dortigen Apparat.

Im Wohnzimmer trinken wir einen Whisky aus der Hausbar, deren Beleuchtung schon lange nicht mehr funktioniert. Astrid findet das Wohnzimmer aufgrund seiner für sie unverständlichen Uneingerichtetheit, an die ich seit meiner Kindheit gewöhnt bin, völlig gruselig. Dann verlassen wir das Haus und gehen auf das Grundstück hinaus. Wem gehört denn das alles, fragt sie, als wir das alte Firmengrundstück passieren.

Uns, sage ich.

Und wieso liegt das so brach? Was war denn hier? Und wieso steht hier ein altes, eingestürztes Fachwerkhaus?

Ja, sage ich, das ist meine Familie. Es ist eine typische Wetterauer Familie. Mit Einheiratung von außen. Großer Grundbesitz seit ehedem. In der

Ruine, die du hier siehst, war früher das Büro. Ursprünglich war es einmal eine Mühle. Wir haben uns hier gegründet, das heißt meine Vorfahren, vorher war hier unten im Viertel so gut wie gar nichts. Wir waren ziemlich die ersten, nur der Kasernenbau eine Straße weiter, der stand wohl schon vorher. Du siehst ja, es sind sonst meistens Häuser aus der Nachkriegszeit. Klein und niedrig.

Sie: Wirkt das alles deprimierend!

Ich: Inzwischen schon, aber früher war das anders. Vor allem finde ich unser Haus schräg. Es paßt überhaupt nicht ins Viertel. Die Leute hier haben uns seit jeher für ziemlich seltsam gehalten. Die Vermögensverhältnisse gehen halt schreiend auseinander.

Sie: Wie kommt das?

Ich: Ich erkläre es mir mit dem Generationenabwirtschaftungsprinzip à la Buddenbrooks. Die ersten Generationen bauen auf, dann kommt die Stagnation, möglicherweise bist du auch etwas zu groß geworden, und dann wird abgewirtschaftet und aus dem Firmenvermögen fürs Private rausgeholt, was geht. Wir hatten hier früher dreißig Arbeiter, jetzt steht bloß ein Einfamilienhaus da, verstehst du? Und ich bin die letzte Generation, die der vermeintlich Verfeinerten, der Ästhetischen, mit denen keine Firma und nicht mal mehr eine Familie zu machen ist, die dann aber Bücher schreiben oder anderweitig untergehen. Die Hanno-Buddenbrook-Generation. Sie steht in meiner Person vor dir.

Sie: Wie das hier früher ausgesehen haben muß, als noch Hochbetrieb war!

Ich: Manchmal versuche ich mir das vorzustellen, unsere Steinwerke, die Firma, meine Großmutter damals, meinen Onkel J., überhaupt das Leben hier in der Gegend, bevor es mit den Autos und dem vielen Geld und ebender Zeit losging, in der ich aufgewachsen bin.

Sie: Ist das dein Ziel? Schreibst du über deine Familie?

Ich: Nein. Aber ich habe jetzt zum ersten Mal etwas geschrieben, was hier in meiner Heimat spielt. Eine Erzählung, sie heißt Marrakesch.

Sie: Ich war mal in Marrakesch. Wieso heißt sie denn Marrakesch, wenn sie hier spielt?

Ich: Es geht um einen Wetterauer, der eine typische Wetterauer Existenz führt, zwischen Fachwerk und Räucherwurstgeruch, aber dennoch geistig angebunden an die große Welt, was ja kein Widerspruch ist. Der Hauptheld sitzt den ganzen Tag bloß immer zu Hause herum, kann nicht mal den Fernseher aushalten, und er brät sich Gelbwurstscheiben in der Pfanne und trinkt dazu Schnaps, aus lauter Verzweiflung.

Sie: Wieso ist er verzweifelt?

Ich: Das kann ich nicht sagen. Er ist Wetterauer. Er brät die Gelbwurstscheiben in Butter. Das ist wichtig, in Butter. Das macht es noch trauriger, finde ich. Und plötzlich, weil er all das hier nicht aushält, fliegt er, in einem spontanen und nicht weiter erklärten Entschluß, nach Marrakesch. Er ist vorher noch nie geflogen, und auf Marrakesch kommt er nur, weil es am Flughafen gerade auf der Anzeigentafel steht. Paßt alles überhaupt nicht zu ihm.

Sie: Kennst du Marrakesch?

Ich: Nein, natürlich nicht. Nur aus Erzählungen. Übrigens trifft mein Held in Marrakesch als erstes auf einen Frankfurter namens Gießkänner, der dort Taxifahrer ist. Und dann geht es um einen Gastwirt, der genauso heißt wie ein Bekannter von mir, der ebenfalls Gastwirt ist, allerdings Algerier. Es fahren dann auch gleich noch zwei weitere Wetterauer nach Marrakesch, um den an der Wetterau Verzweifelten zurückzuholen.

Sie: In Marrakesch ist also alles voller Wetterauer und Frankfurter?

Ich: Es gibt noch einen Asiaten, der Darmstädterisch spricht, aber kaum zu verstehen ist.

Sie: Wo finden sie den Verschwundenen denn?

Ich: In irgendeiner Kaschemme. Eigentlich, sagt er, habe er nur irgendwohin fliegen wollen, dort mal zwei Stunden spazieren gehen und dann wieder zurück.

Sie: Hm. Dafür fliegt man doch nicht an die Nordküste Afrikas.

Ich: Findest du? Keine Ahnung.

Sie: Viel zu teuer.

Am Abend sind wir wieder in Frankfurt, gehen in ein kleines französisches Lokal auf der Grempstraße, das wie ein Eisenbahnwaggon eingerichtet ist, dann bringe ich sie zur Bahn. Die Reiseberichterstattung ihrerseits hat noch nicht stattgefunden, dafür verabreden wir uns im Plazz-Café einige Tage später.

Plazz-Café. Nachmittag. Astrid trägt den kurzen grauen Rock, der ihr etwas Sekretärinnenhaftes verleiht. Sie bestellt einen Cappuccino, ich Bier. Ich fühle mich etwas mulmig, da ich Bangkok natürlich überhaupt nicht kenne und mit Reiseerzählungen, abgesehen von denen meines früheren Lehrers und Sahara-Reisenden, auch nichts Positives verbinde. Meistens bekomme ich solche Reiseerzählungen nur aus der Distanz mit, von Menschen, die mir eher unsympathisch sind und die bei anderen Gelegenheiten Autogespräche führen oder irgendwo im Ausland Ferienhäuser haben, allesamt Leute, die eine Generation älter sind als ich. Diese Erzählungen können zum Prahlen dienen, dann sind sie am unangenehmsten. Oft führen sie schlicht zur Förderung des Selbstwertgefühls beim Erzählenden, denn er/sie hat etwas für ihn/sie Wertvolles oder Gelungenes oder Vorzeigbares (weil exotisch, ungewöhnlich, exklusiv) erlebt und kann dadurch momentan den eigenen Status heben. Die Zuhörer reagieren, indem sie Dinge ausrufen wie: Das ist ja schön, das ist ja toll, daß du das erlebt hast, und dadurch bereitwillig das Fell ihres Gegenübers kraulen, so daß der Betreffende sich wohl fühlt. Oder die Zuhörer beginnen selbst zu erzählen, was dann immer zu einer gewissen Konkurrenzsituation führt. Hin und wieder geraten die Reiserückkehrer sogar unvermutet an einen Spezialisten des besuchten Landes oder der besuchten Stadt oder Region, dann sind sie dessen Gegenbericht hilflos ausgeliefert und müssen sich darüber belehren lassen, was sie alles nicht gesehen und nicht mitbekommen haben, weil sie es einfach nicht wußten und noch nie davon gehört haben. In früheren Zeiten, als wir noch jung waren, keinen sozialen Status hatten und als Tramper in Orten wie Biarritz vor Diskotheken herumstanden, sahen die Berichte von Reisen, wie oben gesehen, natürlich anders aus, da ging es noch ausschließlich um ungewöhnliche, kuriose und ›spannende‹ (und insofern ›vorzeigbare‹) Erlebnisse (»echt, ich steig ein, und nach zwei Minuten baut der sich einen Riesenjoint, und dann mit 200 über die Autobahn«).

Als Studenten haben wir in der ersten Hälfte der neunziger Jahre mit der Textgattung Reiseberichte fast gänzlich nichts zu tun, außer im literarischen bzw. philologischen Sinn. Die einzigen Reisen, die unternommen werden (wenn überhaupt), sind Skiurlaube, und bei denen geht es noch ausschließlich um Skifahren. Da kann man dann höchsten von beschissenem oder schönem Wetter, einer beschissenen oder guten Piste oder von Knochenbrüchen oder anderen Verletzungen berichten, inklusive des dann erforderlichen Krankenhausaufenthalts. Das erzählerische Material unterliegt einer strengen Vorauswahl und ist beschränkt.

Deshalb fühle ich mich im Plazz-Café etwas mulmig. Ich weiß nicht, was auf mich zukommt, und wie ich darauf reagieren werde, kann ich ebenfalls nicht sagen. Vielleicht ist Astrid stolz auf diese Reise, dann kann leicht eine peinliche Stimmung entstehen, weil ich ja gar nicht reise. Sie könnte mich, kurz gesagt, langweilig finden und ich sie etwas blöd oder eingebildet. Das Umgekehrte wäre freilich ebenso denkbar, nämlich daß sie mit entschuldigendem Gestus erzählt, im Sinne von: Mein Freund hat nun einmal diese Möglichkeiten, und er fragt mich immer, weil er eben diese Anstellung hat, und ich kann mich da nicht so sperren, auch wenn ich selbst nie auf den Gedanken kommen würde, solche teuren und exotischen Reisen zu unternehmen etc.

Ich trinke von meinem Bier, inzwischen liegen zwei Umschläge mit Fotos vor uns, ungewöhnlich dick, Aufschrift: Kodak. Wir reden aber zunächst über ganz anderes, die Umschläge sind nur vorbereitend ausgepackt und auf dem Tisch positioniert. Nach einer Weile ist es dann an mir, das Eis bezüglich der anstehenden Bangkok-Reiseerzählung zu brechen, und folglich frage ich Astrid, wie sie denn auf Bangkok gekommen seien. Weil wir da noch nie waren, lautet die Antwort. Und Bangkok sei total interessant.

Ich: Ihr reist viel?

Sie: Wir fahren schon öfter weg.

Ich: Machst du es gern?

Sie: Ja, klar. Wir können ja fliegen. Das geht ruckzuck.

Ich: Wie lang fliegt man denn nach Bangkok?

Sie: Na ja, das war schon lang. Zwölf Stunden. Aber wir sind dieses Jahr unter anderem auch nach Madrid und nach Rom geflogen. Das ist toll. Da fliegst du zwei Stunden, bist da und sparst echt viel Zeit. Sonst würde das über das Wochenende gar nicht gehen. In Bangkok waren wir fünf Tage.

Ich: Ich war nach dem Abitur in Rom, mit dem Zug, die Fahrt dauerte auch zwölf Stunden.

Sie: Unvorstellbar, nicht? Wie Bangkok.

Ich: Wir sind dann über den Lago Trasimeno, Orvieto und Verona zurückgefahren. Drei Wochen waren wir unterwegs. Wir hatten ein Zelt dabei.

Sie: Wer seid ihr?

Ich: Meine damalige Freundin und ich. Das war die sogenannte große Reise nach dem Abitur.

Sie: War's schön?

Ich: Langes Thema. Das machte man so, eine solche Reise nach dem Abitur. Ich würde es nicht mehr machen. Es war eher eine Pflichterfüllung. Wir haben uns dann auch bald getrennt.

Sie: Warst du im Kolosseum?

Ich: Natürlich.

Sie: In Verona habe ich mal *La Traviata* gesehen, in der Arena.

Ich: Das ist ja witzig. Das lief bei uns auch.

Nach einer Weile greift Astrid zu den Fotostößen, packt sie aus und schichtet beide Stapel übereinander. Der Stapel ist schätzungsweise vier Zentimeter hoch. Zur Einleitung sagt sie, die privaten Bilder, also wo eigentlich nichts drauf zu sehen sei, habe sie rausgenommen (sie meint vermutlich die Bilder, die sie von ihrem Freund bzw. dieser von ihr gemacht hat, oder vom Hotelzimmer und so weiter). Sie hätten einen Tag in Bangkok gehabt, seien dann in die umliegende Region gefahren, dann noch einen Tag in Bangkok.

Auf den Bildern sind vornehmlich Gebäude zu sehen. Das erste zeigt ein dreistöckiges mit spitzem Dach, offenbar größtenteils aus Holz. Die nächsten Bilder geben das Gebäude von mehreren Seiten wieder, Astrid und ihr Freund sind um es herumgelaufen, einige Fotos liefern Details, Fenster, Säulchen, Figürliches. Es könnte sich um einen Tempel handeln. Vielleicht ist das Gebäude auf dem Foto aber auch eine Art Versammlungshaus oder eine Halle für irgendwelche politischen oder sonstigen, religiösen Tätigkeiten. Den Architekturstil kann ich nicht einordnen, Zeit der Erbauung ebenfalls nicht, und mir fehlen die architektonischen Begriffe, um Einzelheiten dieses mir völlig fremden Stils zu benennen.

Die Motive variieren. Einmal sehe ich eine Anlage mit kleinen ›Pagoden‹ (wenn das Wort zutrifft), ein Ensemble aus mehreren Bauwerken, vielleicht aus Lehm errichtet (es sieht so aus), dazwischen Besucher und Touristen, die meisten mit Kameras. Auch von dieser Anlage gibt es eine Reihe von Bildern, die ein paar zufällige Perspektiven und Details zeigen. Die Funktion der Anlage ist aus den Bildern nicht ersichtlich.

So gehen wir den Stapel durch. Das war am ersten Tag, sagt Astrid, als sie mit dem dreistöckigen Gebäude beginnt. Es ist sehr berühmt, es war in Bangkok, und es war ziemlich voll, wir mußten anstehen, aber wir wollten es unbedingt sehen. Schau, ganz schön groß, und so prachtvoll. Es war total schön mit dem Himmel dahinter, hier kommt schon ein bißchen Abendrot. Das war eine tolle Atmosphäre, hättest du sehen sollen!

Ich: Was ist das, wie heißt das?

Sie: Das war irgendetwas Religiöses. Ich konnte mir den Namen nicht merken, die Namen sind ziemlich kompliziert. Wir hatten auch nicht so viel Zeit. Es ist ganz typisch für dort, vom Stil her, hieß es.

Das besagte lehmartige Ensemble mit den kleineren Gebäuden liegt im Umland, Astrid gibt ihre Impressionen beim Fotografieren wieder. Daß der Himmel sehr schön war, die Landschaft um das Ensemble herum vielleicht auch, und daß auch diese Anlage auf irgendeine Weise beeindruckend und für die Kultur des Landes (oder die Bauweise) beispielhaft sei, wie man gesagt habe. Wodurch es beispielhaft sei, führt sie nicht aus. Dafür, daß Astrid Altphilologie studiert, finde ich ihre Ausführungen bemerkenswert leer.

Manchmal frage ich sie bei der Aneinanderreihung der Bilder nach einem Ortsnamen oder dem Namen der Anlage oder des Gebäudes, aber darum geht es ihr gar nicht. Sie will mir tatsächlich nur den Eindruck vermitteln, den sie selbst gehabt hat. Quasi als sollte die Reise, die sie mit ihrem Freund gemacht hat, von mir auf dieselbe impressionistische Weise per Foto noch einmal *post festum* mitgemacht werden. Die Bilder ersetzen dabei die Erzählung, also den Wortlaut.

In Griechenland hatten meine Eltern vor den Monumenten gestanden, zu denen sie gruppenweise hingeführt wurden, und den Erklärungen der Studiosus-Reiseführerin zugehört, während ich an der Bar gesessen hatte und es genoß, daß mir diese Ausführungen erspart blieben. Ich komme mir nun ein wenig spießig vor, als ich Astrid zum dritten oder vierten Mal danach frage, wo dies oder das Gebäude sich befinde, welche Funktion es habe, von wann es sei etc. Astrid und ihr Freund hatten auf ihrer Reise offenbar einen solchen Bezug zu den Dingen wie ich damals mit dreizehn auf meiner unfreiwilligen Tour nach Athen in meinem Hotelzimmer, dem Innenhof und der Bar in jenem Hotel. Sie ließen das alles ›auf sich wirken‹. Es ging immer um den Himmel, die Farben des Lichts und insgesamt um die »Schönheit« des betrachteten Dinges, das somit eben hauptsächlich aus »Schönheit« bestand, oder aus dem Eindruck von »Majestät« oder »Lieblichkeit«, den es jeweils machte. So wie ich die Türklinken, mein Bettgestell, die Fenster und alles Weitere in Athen für »irgendwie weniger, dünner als bei uns und deshalb offensichtlich südländisch« befunden hatte. Dafür haben Astrid und ihr Freund freiwillig 18 000 Kilometer zurückgelegt.

Ich: Und wo war das?

Sie: Andreas, es ist schon zwei Wochen her. Ich konnte mir das nicht merken.

Als ich mit Bettina in Rom gewesen war, hatten wir *natürlich* das Kolosseum besucht. Damals fotografierten wir das Gebäude nicht einmal, denn wir besaßen gar keinen Fotoapparat. Wir gingen hinein auf unserer »großen Reise nach dem Abitur«, weil man in Rom dort eben hingeht. Das Gebäude war zwar nicht unbedingt »schön«, und auch die Atmosphäre während des Besuchs der Arena muß nicht »schön« gewesen sein, aber vielleicht waren der Himmel und das Licht ja auch »schön«, und möglicherweise hatte der Besuch bei »Abendrot« stattgefunden. Inzwischen, ohne es jemals vor Ort wiedergesehen zu haben, hätte ich (und hätten einige andere an unserem Institut) die Fassade des Kolosseums jederzeit aus dem Stegreif aufzeichnen können. Das war sechs Jahre zuvor, nach meinem Rombesuch auf »großer Reise«, undenkbar gewesen.

Ich: Was meinst du eigentlich mit schön?

Sie: Was soll ich damit meinen? Ich meine damit, daß es schön war. Es war toll. So etwas sieht man sonst nicht.

Nach dem ersten Drittel des Fotostapels tritt eine gewisse Mißstimmung ein. Es ist einfach nicht zu verhindern. Mir steht vor Augen, daß ich genausogut Hogi zu seinem Gemälde bei mir an der Badezimmerwand befragen könnte. Dabei stelle ich Astrid die Fragen nur, um mein Interesse an der Darbietung der Fotos durch irgendetwas zum Ausdruck zu bringen. Ich kann sie doch nicht meinerseits wortlos die Fotos durchmustern lassen, während sie immer nur ausruft: Hier, das war schön! Und das war auch sehr schön! Und da war es auch schön! ... So gehen wir in unserem Institut doch nicht an die Dinge heran! Aber ich merke, daß sie genau das erwartet oder wünscht. Ich müßte jedesmal entgegen: Ja, wie schön! Das ist aber wirklich sehr schön! Das habt ihr gesehen? Das war wirklich ganz toll! So, wie ich Hogi nach Abschluß seiner rätselhaften Arbeit sagte: Sehr interessant, sehr schön! Bei ihm handelte es sich allerdings um ein bloßes Phantasieprodukt.

Astrid in ihrem kurzen grauen Rock geht den Stapel weiter durch, aber sie hat unterdessen die Bindung an den Augenblick verloren, wie ein Rezitator, dem im Verlauf der Veranstaltung sein Publikum entgleitet, so daß sich beide Parteien nur noch als Fremdkörper gegenübersitzen, der die Sache aber dennoch zu Ende bringen muß, um sich nicht endgültig zu blamieren. Also spricht er einfach weiter, obgleich keiner mehr zuhören will und der Rezitator genau das weiß.

Wir beide bringen es im Plazz-Café mit gegenseitiger Höflichkeit zu Ende, bis zum letzten Foto des Stapels. Astrid kommentiert längst nicht mehr mit den Worten »schön«, »beeindruckend«, »toll«, sie ist verstummt, und haben wir die ersten Fotos noch jeweils vielleicht eine halbe Minute oder mehr angeschaut, so ist sie gegen Ende in einen Schnelldurchlauf übergegangen.

WEIMAR

»Konkret gesprochen, eine Reiselust aller Menschen nahezu, die eine provinzielle, sich ganz auf sich selbst zurückziehende Verstocktheit, wie sie gerade der frühe Hitlerismus darstellte, mir unmöglich zu machen scheint.
Wo junge Leute also schon als Lehrlinge oder als Gymnasiasten eben Frankreich oder Sizilien oder England in dieser Weise kennenlernen und da Bekanntschaften und Freundschaften schließen, da scheint mir eine Wiederholung jener bösen Dinge – nicht unmöglich, man soll nie unmöglich sagen – aber doch sehr erschwert zu sein. Das ist sicher ein Bollwerk dagegen ...«
(Golo Mann im Gespräch mit Günter Gaus, 4.3.1965)

Heute war Montag, der 28.8.2000. Die Stadt wimmelte von Touristen, Busse fuhren an mir vorbei, Gruppen stiegen aus, überall Mützen, Sonnenbrillen, Fotoapparate. Dann wurden die Busse auf einem Parkplatz abgestellt, um dort zu warten, bis die betreffende Gruppe wieder abgeholt werden mußte. Die Asiaten bewegten sich beinahe kohortenhaft geordnet auf und ab, vorneweg ein Führer oder eine Führerin mit Wimpel oder einem um einen Stock gebundenen Tuch. Ruckartig blieben sie an gewissen Stellen stehen, dann kam man nicht mehr vorbei. Es war ein Strömen hin und her.

In der Zeitung hatte man Ausländer ein Jahr zuvor, als die Stadt »Kulturhauptstadt Europas« geworden war, davor gewarnt, allein durch die Straßen zu laufen; sie sollten sich ausschließlich in Gruppen durch die Stadt bewegen, damit seien sie sicherer. Der Aufenthalt in der »Kulturhauptstadt« galt für Auswärtige als gefährlich.

Die kleine Metropole hatte im Lauf der letztjährigen Feierlichkeiten sieben Millionen Besucher zu verzeichnen. Sie waren von überall her gekommen, mit dem Flugzeug, der Bahn, mit Bussen, Autos, Motorrädern, manche mit dem Fahrrad, einige mit dem Wanderrucksack, und die Staatsgäste waren per Hubschrauber und damit sozusagen auf dem kürzesten Weg aus Berlin oder von sonstwo hierhergebracht worden. Die Stadt mit ihren 60000 Einwohnern war zeitweilig völlig überflutet gewesen von den durch die vielfältigen Kulturprogramme (ausgedacht von Dutzenden Komitees und Unterkomitees) angelockten Reisenden, dennoch, so hatte man gelesen, seien zur Enttäuschung der Beteiligten zahlreiche Veranstaltungen schlecht besucht gewesen. Das lag natürlich daran, daß Weimar für die allermeisten Menschen ausschließlich aus den wenigen Begriffen bestand, die sie irgendwann über diese Stadt gehört hatten und auf die sie dann vor Ort auch ausschließlich konzentriert waren. Wie Rom im internationalen Geschäft vor allem durch Dinge wie »Kolosseum« oder »Petersdom« existierte und Fluggäste und Bustouristen in zahllosen Legionen anzog, so hätte man, wenn man dem Gros der Weimar-Besucher den Kopf hätte öffnen können, um in ihr Ideenstübchen zu schauen, vor allem folgendes gesehen: zunächst den diffusen Begriff »Kulturhauptstadt Europas«, verliehen durch irgendeine Institution, ähnlich wie jährlich der Hessentag oder Landes- und Bundesgartenschauen veranstaltet wurden. Der Begriff »Kulturhauptstadt Europas« beinhaltete wie der Begriff »Hessentag« nichts anderes als die zunächst leere und materiallose Aufforderung, sich in Gang zu setzen und vor Ort zu begeben, nicht so sehr um die Stadt kennenzulernen (das hätte man auch zu jeder anderen Zeit machen können), sondern um zu sehen, wie die Stadt sich als »Kulturhauptstadt Europas« präsentieren würde (ebenso wie beim Hessentag, bei dem übrigens Jahr für Jahr dieselben Schausteller auftraten, so daß es sich im Grunde um einen von Stadt zu Stadt ziehenden Wanderzirkus handelte). So reisten die »Kulturhauptstadt Europas«-Besucher über die Jahre wie im Reigen von Prag nach Porto oder Brügge, von Genua über Liverpool nach Patras. An jedem dieser Orte wurden, wie in Weimar 1999, eigens neue Gebäude errichtet, Gelände umgestaltet und die Stadt insgesamt aufgehübscht wie bei einer Brautschau, thematisch dem jeweils gegenwärtigen Zeitdiskurs entsprechend. An jedem Ort gab es eine kleine Gegnerschaft, aber die wurde öffentlich so gut wie nicht sichtbar während der Zeit der gewünschten und angestrebten Überflutung.

Zweitens hätte man im Ideenkasten der Reisenden das Wort »Goethe« gesehen. Unzweifelhaft werden von den sieben Millionen Ankömmlingen in der Stadt nur wenige irgendetwas von Goethe gelesen haben, aber sie hatten alle den Namen gehört, denn Deutschland ist ein bekanntes Land, und neben dem Namen »Hitler« gibt es nur wenige andere Namen aus dem deutschsprachigen Raum, die international so gegenwärtig sind wie eben Johann Wolfgang von Goethe. Der Name Goethe hat *avant la lettre* für seine weltweit taugliche Ikonographisierung alles richtig gemacht, er hat sich nämlich den Campagna-Schlapphut aufgesetzt, gemalt von Tischbein, dieser ist für Goethe in etwa so markant wie der Chaplin-Schnauz für Hitler (oder die Ohren für Micky Maus). Natürlich hat das alles mit Goethe nichts zu tun, sondern nur mit seinem Schlapphut. Aber die Leute verbanden den eher unbekannten Begriff »Weimar« mit dem Wort »Goethe« und hoben damit Weimar auf den Bekanntheitsgrad der Ikone Goethe, setzten gleichsam der ganzen Stadt den Campagna-Schlapphut auf und wußten oder glaubten nun etwas mit dem Begriff Weimar anfangen zu können. D.h., Goethe gab ihnen ein konkretes Ziel und ein konkretes Bild in den Kopf, wenn sie überlegten, in eine »Kulturhauptstadt Europas« namens Weimar fahren zu wollen oder nicht.

Daneben gab es weitere, kleinere Begriffe, für eine geringere Auswahl von Menschen anziehungstauglich, etwa »Schiller«. Schiller war der Freund Goethes. Goethe und Schiller, das war ein gängiges Begriffspaar. Der erste und größere, Goethe, hatte immer den zweiten und kleineren, Schiller, im Schlepptau und zog ihn in den Bannkreis seiner eigenen Berühmtheit.

Ein weiterer Begriff war »Nietzsche«. Auch er war ikonographisiert (Nietzsche-Schnurrbart – der zweitberühmteste Oberlippenbart im deutschsprachigen Raum –, Denkerhand an der Stirn, schielend), war aber noch weniger bekannt als Schiller. Nietzsche war vielleicht Antisemit, hatte den *Willen zur Macht* geschrieben und hatte damit (zusammen mit Richard Wagner) Hitler herbeigeführt.

Mit Plakaten und Medienkampagnen versuchte man, die Herzogin Anna Amalia Bibliothek den Besuchern anzupreisen, aber sie war kaum der Grund, warum man nach Weimar reiste. War man in Weimar, stieß man vielleicht durch ein Plakat oder eine Programmbroschüre auf den Namen und ein Bild der Bibliothek, und wenn man gerade nichts zu tun hatte, ging man vielleicht hin.

Weitere Namen und Begriffe in absteigender Reihenfolge wie etwa »Wieland« oder »Kotzebue« hätten den meisten dann nur noch ein befremdetes *Hä?* in den Mund gelegt; kurzum, Weimar bestand im Augenblick der Anreise für die meisten der Pauschaltouristen aus ebenden zwei Wörtern Kulturhauptstadt und Goethe, und deshalb interessierten sich alle hauptsächlich für Goethe oder für das, was in Weimar mit Goethe zusammenhing. Goethe war das Kolosseum Weimars.

Nun ist es aber so, daß das Goethehaus am Frauenplan von überschaubarer Größe ist und nicht massenhaft Touristen zur gleichen Zeit in sich hineinlassen kann wie etwa das Kolosseum oder der Petersdom in Rom. Das führt dazu, daß sich die Reisenden dann in der Nähe des Goethehauses *stapeln* und als stillgestandene Kohorte unter Führung eines Wimpelträgers (oder einer -trägerin) drei Minuten Ausführungen in ihrer Landessprache zu hören bekommen wie früher unsere Reisegruppe in Griechenland, um anschließend von den nächsten heranrückenden Truppenteilen auf den Flügel abgedrängt zu werden, das heißt meistens Richtung Schillerstraße oder Hotel Elephant. Die freigewordenen Besatzungsteile der Pauschalreisenden rücken dann im Regelfall Richtung Ilmpark vor, wo sie sich wie auf dem Plan eines Exerzierplatzes hin und her bewegen und sämtliche Ausfallrichtungen proben, bis sie vor Goethes Gartenhaus angekommen sind. Das Gartenhaus ist natürlich noch viel kleiner als Goethes

Haus am Frauenplan und kann in so kurzer Zeit sowieso von keinem der Gruppenreisenden besichtigt werden (das ist auch gar nicht vorgesehen), da aber der Vorplatz (Ilmpark) ungleich größer ist als der Frauenplan (Goethehaus), können hier unermeßlich mehr Armeeteile aus aller Welt zu einem Treffen zusammengeführt werden, was meist zu einer äußerst unübersichtlichen Situation führt, wodurch man den Wert der auf den Stock gezogenen Wimpel, die hier die Standarten der einzelnen Infanterieabteilungen vertreten, erst richtig zu schätzen lernt. Wie bei jedem Durchzug einer Armee bleiben die unbeteiligten Zivilisten auf der Strecke und werden links und rechts des Zuges zerrieben.

Auch in diesem Jahr gab es wieder Aufmärsche in der Stadt, denn es war erneut ein Event ausgerufen worden, Nietzsches hundertster Todestag. Heute, markanterweise an Goethes Geburtstag, war ich zum zweiten Mal innerhalb einer Woche in Weimar. Beide Male war ich aus Bad Nauheim angereist, einmal aus einem Grund, der mit meiner Promotion zu tun hatte (ein Seminar der Studienstiftung, die mich förderte), zum zweiten wegen eines Romans, den ich veröffentlicht hatte und aufgrund dessen ich nach Weimar zu den Feierlichkeiten eingeladen worden war. Es handelte sich um eine Lesung. Insgesamt legte ich wegen Nietzsches rundem Todestag binnen einer Woche rund 1000 Kilometer zurück.

Da ich vor meinem Auftritt im Ilmpark noch Zeit hatte, setzte ich mich gegen Mittag auf den Frauenplan, es fand dort ein Weinfest statt. Ich bestellte Riesling und eine Art Flammkuchen, ein thüringisches Schmand-Zwiebel-Gebäck. Um mich herum größtenteils ein Outdoor-Westen tragendes männliches Seniorenpublikum und die dazugehörigen Frauen.

Wie den meisten Besuchern in der Stadt war auch in unserem Seminar vor ein paar Tagen Friedrich Nietzsche vornehmlich nur als Name bekannt gewesen. Bei einigen war er kurz im Studium vorgekommen, d.h. summarisch »durchgenommen« worden, Kurzbiographie, geistesgeschichtliche »Einordnung« und dazu noch zwei oder drei Seiten fotokopierter »Originaltext« im Pro- oder Hauptseminar. Manch einer wußte sogar, daß Nietzsche niemals ein Buch *Der Wille zur Macht* geschrieben hatte. Im Rahmen des Förderprogramms unserer steuerfinanzierten Studienstiftung waren im Jahr drei oder vier solcher Seminare pflichtgemäß zu belegen. Das Programm war im

Sinne eines Studium generale angelegt, Vorkenntnisse waren also nicht erforderlich. Es nahmen Leute aus den verschiedensten Geisteswissenschaften ebenso daran teil wie etwa aus der Biologie, Physik oder z. B. aus den Sportwissenschaften.

Tatsächlich waren die Seminarteilnehmer in erster Linie glücklich darüber, ein paar Tage auf Kosten der Stiftung in Weimar zu verbringen, die berühmte Nietzsche-Villa im schönen Licht zu sehen und später auch den Frauenplan und das Goethehaus. Essen und Getränke, abgesehen vom Frühstück, waren allerdings nicht inklusive. Am ersten Morgen in der Villa Silberblick hörten wir einen Vortrag über Elisabeth Förster-Nietzsche, deren Namen einem Großteil der Anwesenden nicht bekannt war. Es ging um Nachlaß- und Editionsprinzipien. Gern betrachteten die Teilnehmer das Foto an der Wand mit dem berühmten schielenden Schnurrbartträger. Zur Pause versammelte man sich auf dem Balkon, rauchte oder nahm sich Kaffee und Kekse und sah auf die Bäume, die Straßen und den Verkehr hinab.

Doktoranden wie ich bekamen monatlich 1400 Mark aufs Konto und noch 200 Mark Büchergeld. Um in den Genuß dieser Zuwendung zu kommen, waren solche Seminare zu belegen. Sie waren stets mit Reisen verbunden und fanden in München, Berlin, Frankfurt, Würzburg, Hamburg, Tübingen usw. statt, je nach Themenschwerpunkt, oder in Tagungshäusern auf dem Land. Die Themen waren vielfältigster Natur, von »Moderne Kunst nach 1950« bis »Hirnforschung und Theologie«. Ging es um Hölderlin, fuhr man nach Tübingen, ging es um Max Planck, hießen die Ziele Göttingen oder Berlin. Seminare zur »Deutschen Einheit« fanden grundsätzlich in der Hauptstadt statt. Der Etat der Stiftung war umfangreich und mußte Jahr für Jahr ausgegeben werden. Fahrtkosten wurden grundsätzlich bezahlt. Weimar war mein letztes Seminar, meine Förderung lief aus.

Wir hatten in einem kleinen Tagungshaus mitten in der Stadt übernachtet, das einen ausgebauten Dachstuhl besaß, in dem man sich abends bzw. nachts traf, nachdem man sich vorher in irgendwelchen Bars oder Kneipen aufgehalten hatte.

Im Dachstuhl des Tagungshauses stand eine Musikanlage, die im Verlauf unseres Seminars eigentlich die wichtigste Rolle gespielt hatte. Am Abschlußabend hatte es eine 80er-Jahre- bzw. Neue-Deutsche-Welle-Party gegeben. Ein Kölner namens Markus hatte den Vorschlag gemacht und auch die dementsprechende Musik in seinem Auto mitgebracht. Der Großteil der Leute schoß sich auf dieser Party, die bis nachts um vier ging und zu erheblicher Unruhe im Haus führte, vollkommen die Lichter aus.

Nun, wenige Tage später, war ich also für ein Literaturfestival im Rahmen der Nietzsche-Feierlichkeiten erneut nach Weimar angereist. Den Termin hatte mein Verlag vereinbart. Honorar 600 Mark zuzüglich Mehrwertsteuer, Übernachtung (119 Mark) und Reisekosten (132 Mark).

Da am eigentlichen Todestag Nietzsches (25.8.) der Park bereits mit anderen Veranstaltungen belegt war, koinzidierten die geplanten Lesungen mit dem Geburtstag des berühmtesten Weimarers, dementsprechend voll war die Stadt. Auffälligerweise saßen auf dem Frauenplan keine Asiaten. Vielleicht war wieder eine Warnung ausgesprochen worden. Als ich eine Zeitlang an einem der Biertische gesessen hatte, kamen die ersten Nazis. Es waren nicht viele, aber sie zeigten, wie vor einigen Tagen bei meinem ersten Aufenthalt, Präsenz und marschierten truppweise mit ihren Springerstiefeln und dem entsprechenden Trittgeräusch durch die Reihen und zwischen den Sitzgarnituren auf und ab. Sie trugen Embleme und Aufschriften und waren vornehmlich schwarzweißrot gekleidet, irgendwo zwischen paramilitärisch und Nazifolklore.

Den Umsitzenden war nicht anzusehen, ob sie die Anwesenheit der Nazis bemerkten oder nicht. Zumindest enthielten sie sich streng des Augenkontakts. Es wirkte, als sähen sie durch die Herumlaufenden hindurch, als seien die Nazis gar nicht vorhanden.

Ich betrachtete die Szene. So einen Aufmarsch hatte ich in Westdeutschland noch nicht gesehen. Einige von ihnen waren anders als die Schwarzweißroten gekleidet, eher beamtenmäßig, mehr wie anachronistische Schreibkräfte, sie trugen langärmelige weiße Hemden und schwarze, dünne Krawatten, deren unteres Ende sie in die ebenfalls schwarze Stoffhose gesteckt hatten. Die Krawatte saß durch das Hineinstecken gleichsam »stramm« wie ein Koppel. An den Ellbogen hätte man fast Hemdschoner erwartet. Die an den Manschetten geschlossenen Ärmel und das akkurat und ebenfalls »stramm« in die Hose gesteckte Hemd ließen mich an jenen Zwanzigjährigen in Athen denken, mit dem ich mich vor zwei Jahrzehnten unterhalten hatte. Jener, der so seltsam von »Freiheit« und »Demokratie« gesprochen hatte, als sei er darauf konditioniert wie ein Pawlowscher Hund. Ich war jetzt zweiunddreißig.

Das bemerkenswerte an dem Bild waren aber gar nicht so sehr die Nazis selbst, sondern die scheinbare Gelassenheit aller auf dem Frauenplan. Schon am Vormittag, als ich vom Bahnhof durch die Stadt gelaufen war, hatten links und rechts der Touristenhorden, die den Bussen entstiegen, jeweils »stramm« gekleidete junge Männer vor den Schulen gestanden und Schüler und Schülerinnen angesprochen und mit Broschüren versorgt. Man hätte sie fast für Zeugen Jehovas halten können.

Die Nazis stellten sich an den Buden an und holten sich wie alle anderen Bratwurst oder Bier (Wein tranken sie nicht). Manche aßen jenen spezifischen Flammkuchen. Sie stießen keine Leute von der Bank oder rempelten sie weg, sondern setzten sich einfach hin, wo Platz war. Hätten sie auf dem Frauenplan plötzlich zu singen begonnen, wie der blonde Junge im Biergarten im Film *Cabaret*, der in seiner Hitlerjugenduniform den gesamten Garten dazu bringt, das fanatische Lied *Der morgige Tag ist mein* (»O Vaterland, Vaterland, wir stehen bereit«) mitzusingen, es hätte vielleicht niemanden gewundert.

Wie ich da sitze, auffällig durch mein im Vergleich zu den Outdoor-Westen-Trägern und ihren Frauen junges Alter, vielleicht auch aufgrund der Tatsache, daß ich allein war (wie damals in Oulx in der Pizzeria), fragt mich eine ältere Dame, die neben einem der Outdoor-Senioren sitzt, mit dem sie offenbar zusammengehört: Sagen Sie mal, wo kommen Sie denn eigentlich her?

Ich komme aus Hessen, sagte ich.

Sie: Und was machen Sie dann hier?

Ich: Ich bin, im weitesten Sinn, wegen des Nietzsche-Geburtstags hier.

Sie: Wegen was?

Ich: Wegen eines Geburtstages.

Sie: Ach, haben Sie hier Verwandtschaft?

Ich: Nein. Äh, das heißt doch. Ich habe Verwandtschaft in Freiberg. Und in Dresden.

Sie: Und was machen Sie dann hier?

Ich: Ich sitze hier und trinke Riesling.

Sie: Sie sind nicht aus Weimar?

Ich: Nein.

Sie: Sie sind aus dem Westen?

Ich: Wie meinen Sie das?

Sie: Sie schauen hier so herum. Das fällt mir und meinem Mann auf. Sie schauen hier herum.

Ich: Ich warte eigentlich nur auf ... einen Termin heute nachmittag.

Sie: Na dann machen Sie mal. Aber schauen Sie hier nicht so herum. Das geht nämlich niemanden etwas an, und zweitens brauchen wir hier keine Leute, die herumschauen. Die haben wir die letzten Jahre schon genug.

Ich: Kommen Sie aus Weimar?

Sie: Wir kommen von hier. Wir kommen aus Apolda. Wir gucken nicht herum. Verstehen Sie? Leute wie Sie kommen aber dauernd hierher und gucken herum.

Ihr Mann griff nun ein und sagte, Inge, das geht uns doch gar nichts an. Laß doch den Mann in Ruhe. Der ist doch gleich wieder weg. Die sind doch alle gleich wieder weg.

Sie: Ich lasse alle in Ruhe. Wir lassen alle in Ruhe. Aber ich möchte auch mal unter uns sein. Ich will nicht, daß alle hier so herumgucken. Dann gehen die wieder in den Westen zurück und sagen, daß hier alles seltsam sei mit unseren Kindern. Es ist hier nicht seltsam. Vielleicht ist es ja bei denen eher seltsam.

Der Mann: Inge, jetzt fang bitte nicht mit den Kindern an.

Sie: Wieso? Hier können wir doch wenigstens herumsitzen. Sonst wäre doch auch alles voll mit … mit …

Der Mann: Inge!

Sie: Nein, ich habe doch recht. Das ist unser Platz hier. Wir kommen seit 35 Jahren hierher. Ich will auch weiter hierherkommen. Die da oben interessiert das nicht. Und den da (sie wies auf mich), der ... wo kommt der eigentlich her?

Er: Der Mann hier, der Mann ... ich weiß nicht, wo er herkommt, fährt dann sowieso weiter nach ... nach ...

Ich: Nach Hessen.

Sie: Und dann kann ich doch hier sagen, was ich will.

Der Mann: Natürlich kannst du sagen, was du willst.

Sie: Kann ich eben nicht.

Ich wendete mich von dem Paar ab und betrachtete wieder die Nazis. Man konnte typologische Studien an ihnen betreiben. Die Martialität der Kleidung stand teils im umgekehrten Verhältnis zum Maß der Bedrohlichkeit, die von dem Betreffenden tatsächlich ausging. Einige der sich optisch am meisten kampfhundhaft Gebärdenden sahen regelrecht brav aus, sie hatten sich vielleicht noch nicht in ihre Rolle hineingefunden und wirkten unsicher in ihrem Droh-Gehabe. Sie gingen extra breitbeinig, aber der Gang paßte nicht zu ihnen, wie ein zu großer Mantel an einem schmächtigen Körper. Die »Strammen« mit den weißen Hemden, der in die Hose gesteckten Krawatte und den gescheitelten Haaren, also die »Beamten«, strahlten wesentlich Gefährlicheres aus. Sie wußten offenbar deutlicher, was sie wollten.

Als die Frau, kaum hatte ich die »Beamten« in den Blick genommen, wieder auf mich einzureden begann (weil ich wieder »herumgeschaut« hatte – »Was wollen Sie eigentlich? Wo kommen Sie nochmal her? Doch bestimmt nicht von hier!«), verabschiedete ich mich höflich und lief zum Ilmpark.

Dort waren in einem abgesteckten Bezirk, von dem die umhermanövrierenden Touristentruppen, die sich auf ihrem Weg zum Goethe-Gartenhaus befanden, mittels Schranken abgehalten wurden, ein Podium, eine halbrunde Tribüne und Büchertische aufgebaut. Das abgegrenzte Terrain faßte vielleicht 500 Leute, die teils auf der Tribüne, teils auf dem Rasen Platz nehmen konnten. Links davon stand der schwarze Kubus, der letztes Jahr für das Kulturhauptstadt-Europas-Ereignis errichtet worden war. Über Weimar Kondensstreifen im ansonsten klaren Himmel. Wohin sie da oben wohl alle flogen?

Vor der Lesung wurde ich von einer Frau des MDR interviewt, die ich bei einem Literaturwettbewerb in Österreich kennengelernt hatte. Es ging um meinen Roman und um Nietzsche. Ich antwortete professionell (das hatte ich inzwischen gelernt). Mein Roman hatte allerdings mit Nietzsche nichts zu tun. Vor allem fragte die Interviewerin, warum mein Roman in meiner Heimatregion Wetterau angesiedelt sei, ob das Absicht gewesen sei? Es spiele doch jetzt alles in der Metropole Berlin und vieles auch in New York. Was sei das Interessante an der Provinz?

Ich sagte, Nietzsche sei ein eher zarter, nicht robuster Mensch gewesen, weder für die heutige noch für die damalige Zeit geeignet, überdies philologisch zu gut ausgebildet, und mein Roman spiele deshalb nicht in Berlin, weil ich Berlin überhaupt nicht kenne, und New York kenne ich schon gar nicht. Nietzsche habe New York auch nicht gekannt. Er sei, so gesehen, ganz und gar provinziell gewesen. Über das heutige Weimar wäre er natürlich ebenfalls erschrocken, wie eigentlich über fast alles hier.

Auf den letzten Satz ging die Redakteurin nicht ein.

Sie: Ob mein Roman eine Art Plädoyer für etwas sei? Gegen die Berlin-Literatur? Gegen die New-York-Literatur?

In diesem Augenblick holte man mich zur Lesung ab und geleitete mich hinter die Bühne.

Einige Minuten später betrat ich das Podium. Im Publikum saßen Menschen, die aussahen wie das Volk auf dem Frauenplan. Frauen und ihre Outdoor-Westen-Männer. Einige hatten sich vorher bereits ein Buch von mir signieren lassen.

Ich räusperte mich, nahm einen Schluck Wasser und blickte ins Publikum. Die angeschauten Outdoor-Menschen sahen automatisch weg. Nur zwei junge Frauen lächelten mich an, vielleicht Groupies. Dann noch ein etwa 25jähriger Mann mit Rastalocken, der überhaupt nicht hierherpaßte. Er schaute zweifelnd ins Publikum und sah mich nervös an. Seine Miene schien zu sagen: Was ist denn das hier? Das sind doch nicht deine Leser?

Mir kam vor, als hätte ich den Mann bereits gesehen. Jetzt fiel es mir ein! Ein US-Amerikaner, dem ich vor einigen Wochen bei einer Lesung in Leipzig begegnet war. Er war im Besitz eines Zehnjahresstipendiums (!), von dem er gerade einen Teil in Deutschland verbrachte. Sein Finanzgeber war eine amerikanische Stiftung, er sollte eine Grammatik für die bislang wissenschaftlich nicht erschlossene Sprache irgendeines Pazifik-Atolls erstellen. Dazu mußte er erst die betreffende Sprache lernen und daneben Linguistik studieren, um das Rüstzeug für seine Aufgabe zu erlangen. Das Studium fand nach seiner eigenen Wahl in Deutschland statt. Er mußte auch ein Wörterbuch erstellen. Die Stiftung war von einem reichen Amerikaner als Steuersparmodell ins Leben gerufen worden. Die Idee eines Stipendiums hinsichtlich Südsee, Sprache, Grammatik fußte auf einem wissenschaftlichen Stiftungsbeirat. In Leipzig hatten David (so hieß er) und ich uns einen Joint geteilt.

Die beiden jungen Frauen merkten, daß ich David offenbar kannte. Er winkte mir zu. Ob er extra meinetwegen gekommen war? Sie standen auf und setzten sich zu ihm. Die drei kamen gleich miteinander ins Gespräch.

Dann begann die Lesung.

Die Arbeit des Autors am vorliegenden Buch wurde vom Deutschen Literaturfonds e.V. gefördert. Dank gilt außerdem der Stadt Deidesheim.